GAEA

GAEA

【夜城系列】

夜鶯的嘆息

Nightingale's Lament

賽門．葛林（Simon R. Green）著

戚建邦 譯

夜城系列

夜鶯的嘆息

推薦

「喜歡奇幻的讀者可以從充滿想像力的奇幻元素中獲得滿足……而喜歡推理元素的讀者，也可從本書中，得到熟悉的慰藉。」

——知名推理評論家　冬陽

「跨越陰陽、時空錯位的神魔決戰場，都會奇幻和冷硬推理的最佳組合。」

——奇幻文學評論者　譚光磊

「你實在想不到作者的腦子裡究竟裝了些什麼，他的想像力到底爲什麼能如此豐富並且畸形……」

——中文版譯者　戚建邦

「如果您喜歡風格詭異的黑色奇幻，歡迎再度回到夜城的世界。在這裡，時間永遠停留在凌晨三點，所有邪惡的怪物呼之欲出……我實在等不及想看更多發生在夜城裡的冒險故事了。」

——《費城週刊》（*Philadelphia Weekly*）

「故事節奏十分明快，有如建立在陰陽魔界裡的雲霄飛車一般刺激。賽門．葛林創造了一個既恐怖又詭異，但卻趣味十足的奇幻世界，並於其中演義出一段刺激精采的冒險故事。題材非常有趣。」

——《紐約時報》暢銷作家 Jim Butcher

「非常有趣的開頭，極可能成爲一套令人愛不釋手的系列小說。角色的對白常常出人意表，而其創造出來的冒險橋段及場景更是深植人心。夜城的確是個可怕的地方，但是讀者就是忍不住要跟著書中的角色踏入這個世界。」

——《黑門雜誌》（*Black Gate Magazine*）

「賽門．葛林創作出一個精采無比的冒險故事，讓人們忍不住想要進入故事中的奇幻世界一遊。」

——書籍瀏覽人網站（BookBrowser）

夜城系列

夜鶯的嘆息

推薦

「夜城系列小說完美融合了洛夫克萊夫特與福爾摩斯的風格。《夜鶯的嘆息》是一本刺激的恐怖小說，同時也是一場令人愛不釋手的私家偵探奇幻冒險故事。」

——《中西部書評》（*Midwest Book Review*）

「充滿了各式各樣的超自然生物，刺激精采的動作場景以及會心一笑的黑色幽默，泰勒系列的故事成功地突破了當代主流的中世紀奇幻風格。」

——《編年史雜誌》（*Chronicle*）

「我非常喜歡葛林的第一本以約翰泰勒爲主角的小說，而第二集更是青出於藍。除了正常的私家偵探小說元素之外，還外加了很多驚奇的快感。」

——《編年史雜誌》（*Chronicle*）

「葛林筆下的風格十分獨特，令人欲罷不能……角色個性強烈，極具黑色幽默，通俗的筆法下隱藏著獨特的恐怖氣息，乃是一部絕妙的都會奇幻小說。」

——《綠人書評》（*The Green Man Review*）

「愉快、刺激，動作場面豐富而又非常緊張。」

——《書單雜誌》（*Booklist*）

「如果您喜歡黑色奇幻故事，就請回到夜城的世界裡吧。」

——大學城書評網站（The University City Review）

「夜城的傳奇故事出現重大突破……有如一道作工細緻的佳餚，在葛林這位大廚手中整治的美味無比……非常了不起的一段冒險故事。」

——《科幻評論電子雜誌》（*SFRevu*）

「融合所有經典私家偵探故事元素……葛林天生就是個想像力豐富的說書人。」

——《犯罪狂熱雜誌》（*Crimespree*）

夜城系列

夜鶯的嘆息

目錄

chapter 1 絞死者之女

ingale's Lament Nightingale's Lament Nightingale's Lament Nightingale's Lament Nightingale's Lament Nightingale's Lament Night

夜城裡任何形式的能量都有，不過想要在這裡成爲電力供應商的話，不但需要穩定的能量，還得要不受外界干擾才行。不管怎樣，夜城中形形色色的霓虹燈光總是得要有電才能運作。身爲一座大城市中的小城市，夜城擁有許多能量來源，包括某些不合法甚至不自然的能量，比方說活人血祭、囚禁神祇、折磨理智，甚至是吸收了能量力場的小型黑洞。還有一些十分浩瀚恐怖、詭異奇特的能量來源，以人類心智無法承受的方式運作。夜城裡沒有多少人在乎電源是哪裡來的，大家只要看到燈會亮、車會跑就行了。然而，整個夜城史上唯一曾經提供穩定電力來源的只有一家名爲普羅米修斯的電力公司。或許魔法能量較爲華麗，但是夜城裡的尖端科技絕對不比任何巫術遜色。

普羅米修斯電力公司是個近代非常成功的企業案例。公司成立不到六年，憑藉穩定的電力以及便宜的價格，迅速成爲夜城最主要的電力供應商，市佔率高達百分之十二。基於這樣的重要性，最近發生在該公司電廠的蓄意破壞事件自然就必須立刻解決。這一點，渥克再三跟我強調。渥克是當權者的代表，而當權者是一群身居幕後的權力中心，所有夜城的居民都在他們掌控之下。渥克三不五時會僱用我去執行一些工作，因爲我辦事可靠、效率奇高，而且對他而言完全是可以犧牲的消耗品。

我站在街角的陰影之中，靜靜地觀察著普羅米修斯公司大樓。這棟大樓的外觀是一棟以玻璃跟鋼鐵建築而成的高樓大廈，並沒有任何特別之處。位於最上面的幾個樓層屬於行政辦公用途，中間的樓層是研發工作的實驗室，而最底下的幾層是行銷公關部門所在。至於發電廠本身，傳說中質量並重的現代奇觀，則應該是被深埋在地底之下。我說「應該」是因爲據我所知，世界上沒幾個人眞正親眼看過這座發電廠。整座電廠都是自動化管理，藉由一個控制中樞運作。六年來沒人知道這個控制中樞長什麼樣子，也沒人知道電廠的運作原理。要保密到這種程度並不容易，因爲夜城是個很難藏住任何秘密的地方。

普羅米修斯電力公司發跡的時候正好是我離開夜城的那段日子。那幾年我試圖在正常世界裡過過正常人的生活，不過最終還是失敗了。當我再度回到夜城之後，沒多久就開始對普羅米修斯電力公司暗地裡隱藏了些什麼玄機感到好奇。我喜歡探聽不爲人知的秘密，因爲強烈的好奇心能夠幫助我在這裡生存下去。我離開陰影處，對著辦公大樓走去。大樓外站滿了保安人員以及保全。我一現身，立刻有大批人馬對我招呼而來。無數槍口指著我，拉開保險栓的聲音大到震耳欲聾。換作別人的話，多半已經嚇到屁滾尿流了。

我在大門前停下腳步，對著眼前一排一排的保全人員以及他們身上的深藍色攻堅制服微笑。領頭的隊長是個目光冷淡、身材高壯的男人。我點了點頭，他穩穩地站在原地，神情沒有絲毫變化，不過我可以聽到他身後有不少人在低語我的姓名，其中甚至還有人在身前劃起十字架跟古老的守護符號。我擴大臉上的笑容，好讓他們更加不安。自從在兩派天使的夾殺之下找回墮落聖杯之後，我的能力就被吹捧到一種前所未有的地步。當然，大部分的人都是道聽塗說，不過我並沒有出面澄清這些謠言，特別是關於我有多心狠手辣之類的部分。擁有一個好名聲，或說極壞的名聲，是避開不必要麻煩最好的武器。

「我的命令是要清查人員身分，」隊長道。「並且射殺所有不在核准名單上的人。」

「你知道我是誰，」我冷冷地說。「我有預約。」

隊長鬆了一口氣。「這是我今晚聽到的第一個好消息。哈囉，泰勒。眞的很高興在這裡見到你。這次的事件讓我的手下非常緊張。」

「有死人嗎？」我皺眉問道。「我聽說只是單純的破壞案件。」

「還沒死人，不過已經有不少人受傷了。」隊長陰沉沉地說。「破壞電廠的人顯然並不關心他人的性命。過去三個晚上我已經折損了四十名手下，但是卻一點蛛絲馬跡都查不到。沒有人發現任何可疑的東西，每次事情發生的時候都已經太遲了。我將整棟大樓封鎖得比鴨子的屁股還要緊，但是那渾蛋就是有辦法混進去。」

「有內奸？」為了表示有在聽他說話，我禮貌性地問道。

「我原先也是這麼以為，但是所有員工都已經一個禮拜沒來上班了。事情一爆發，公司老闆就叫他們全部回家休息，等候通知。整棟大樓如今只剩下老闆一個人在裡面。為防萬一，我還針對員工進行了安全調查，不過仍查不出什麼可疑之處。大部分員工的年資都很淺，應該不會對公司產生這麼大的怨念才是。」

「那你手下為什麼這麼害怕？」我低聲問道。「只要壓力再大一點，他們就會開始自相殘殺了。」

隊長哼了一聲：「我說過了，沒有人發現任何可疑的事。我把大樓圍堵得水洩不通，內部每個角落都裝了閉路電視、紅外線，以及動態探測器。不管對方是誰，這些警報系統都沒有任何發現。」

「夜城有很多東西都能避開你的警報系統。」我指出。

「我難道不知道嗎？問題是這裡應該是高科技、低魔法的區域。如果有重度魔法使用者出現在這附近的話，早就該觸發各式各樣的警報才對。不管破壞電廠的是什麼，總之是在科學上或是魔法上都超出我的知識範圍的東西，肯定從來不曾接觸過。」

我故作輕鬆地點點頭，試圖在臉上展現出自信。「所以他們才來找我。我有辦法找出不爲人知的答案。待會兒見了。」

我走過隊長身旁，對著大門走去，不過旁邊突然跑來一個保全人員擋住了我的去路。這是個身材巨大的傢伙，全身除了肌肉還是肌肉，半自動機槍在他手中有如玩具一般。他以一種自以爲很嚇人的凶狠表情看著我。

「所有人都要搜身。」他道。「這是規矩，沒有例外。即使是你這種自大的渾蛋也不例外，泰勒。」

隊長正要說話，不過我使了個眼色示意他不必管我。如果我連一個愚蠢的保全人員都應付不來，那我乾脆退休算了。我對那個保安笑了一笑。

「我不用槍，從來不用。因為槍枝受限太多了。」

我慢慢抬起手來，攤開手掌，一堆子彈自我指間滑下，落在目瞪口呆的保安腳邊。

「你的槍裡已經沒子彈了。」我說。「不要擋路，不然待會就會輪到你的內臟。」

他執意扣下扳機，不過沒有任何子彈擊發。就聽他喉間發出十分不爽的聲音，硬吞了一口口水，然後退到一邊。我大剌剌地從他身旁經過，就當他根本不存在一樣。在我穿過大門，進入接待廳的時候，那傢伙已經被開除了。

我漫步走入擺設華麗的接待大廳，擺出一副不可一世的氣焰，只可惜沒什麼用處，因為這裡根本一個人也沒有。接著我聽到身後傳來電子鎖鎖門的聲音，表示有人知道我來了。我環顧接待大廳，很快地找出天花板上所有攝影機的位置。我看到每台攝影機的電源燈都是亮著的，於是就站在原地，任由攝影機後的人好好觀察我。我想我的外表還算得體，白外套比平常乾淨，而且應該有記得刮了鬍子再出門。有時候外表是很重要的。突然之間，隱藏式擴音器中傳來一陣雜音，接著我就在空蕩蕩的大廳中聽到一個熟悉的聲音。

「約翰，眞高興你來了。到主管辦公室來找我吧。接待廳走到底有一扇藍色的門，進去後跟著箭頭走就對了。別亂闖，這裡到處都佈置了陷阱。還有，要小心點，天知道對方下一個要破壞的目標是什麼。」

我走進藍色的門，然後一路跟著牆上發光的箭頭走去。離開豪華的接待廳後，普羅米修斯電力公司內部可就沒什麼特別値得一提的了。狹長的走道、空白的牆壁、標號的房門、磨損的地毯，到處都是一片死寂，彷彿整棟建築都已經停擺，默默地等待著壞事發生。最後箭頭將我帶到一扇畫有普羅米修斯公司商標的房門，而在門後等著我的正是經理兼老闆本人——文森．克萊門。

他對我點頭、微笑、握手，不過顯然心思根本不在我身上。任誰都看得出來他此刻正被很麻煩的事情困擾著。他領著我進入辦公室，探頭看了看走廊上有無異狀，然後很快地關上房門並且上鎖。接著他請我坐在客用座椅上，然後走到昂貴的紅木辦公桌後坐下。這間辦公室看起來十分舒適，牆上的壁紙精美，地上的地毯厚實，加上角落那座高科技酒櫃，在在顯示出這是一間屬於成功人士的辦公室。只不過辦公桌幾乎埋在成堆的文件之下，還有一面牆上裝滿了閉路電視，隨時顯示著發電廠內部各個角落的影像。我看著這些閉路電視好一會兒，裝出一副興致盎然的樣子，不過事實上發電廠裡的機械對我來說實在太過專業。我分不出渦輪跟茶壺的差別，只知道所有機械看起來狀況都十分良好，而各個走道也都空無一人。我回頭看向經理，他又對我笑了一笑。

我跟他不算很熟，不過許多年前也還稱得上是朋友。文森．克萊門是個一輩子都為了成功汲汲營營，隨時都在找尋發財機會的男人。普羅米修斯電力公司終於讓他達成了自己的目標。文森的個子很高，穿著體面，滿臉皺紋，頭頂全禿。他身上的西裝大概是我一年所得都買不起的高檔貨。

「很高興再度見到你，約翰。」他的聲音穩健、沉靜，帶有一點虛假的文雅氣息。「打從你回來之後，我就不斷聽說一些有趣的事蹟。」

「看來你過得很好。」我禮貌地說道。「擁有成功與財富的感覺是否跟你之前想像中一樣呢？」

他笑了笑：「差不多。你覺得我的公司怎麼樣，約翰？」

「很不錯，只不過我不太懂得欣賞。科技對我而言向來都是十分神秘的領域。我可是那種連錄影機上的時間都要秘書幫忙調整的人呢。」

他露出職業性的笑容。「我需要的是你其他方面的專長，約翰。我要你幫我找出究竟是什麼人想要把我搞垮。」

他講到這裡停了下來，因爲發現我在看他擺在桌上的一張照片。那是一張婚禮的照片，放在很簡單的銀色相框之中。新娘、新郎、伴郎與我。儘管那已經是六年前的事了，不過在我記憶中彷彿是昨天才發生的一樣。本來那該是兩個大好青年一生中最快樂的一個日子，可惜最後卻演變成時至今日依然令人無法忘懷的悽慘悲劇。無法忘懷的主因，在於釀成這樁悲劇的罪魁禍首到今天都還沒有找到。

新娘名叫梅琳妲．達斯克，綽號「絞死者之女」；新郎名叫昆恩，綽號「陽光運轉手」。她身穿一件純白禮服，綴著乳黃色的裙襬；他穿的則是一件上好的牛仔裝，全身黑皮剪裁，綴以閃亮的鐵片及銀飾。至於身穿租來的燕尾服，站在快樂的小倆口兩旁的則是身爲伴郎的文森．克萊門，以及我這個新娘最好的朋友。梅琳妲和昆恩，夜城裡最有權勢的兩大家族之後，在那一天共結連理，也在同一天裡遭人謀殺。

夜城裡的故事很少會有快樂結局，即使是最偉大的名人或是最有權勢的強者都有可能成爲悲劇的受害者。梅琳妲屬於黑暗勢力，力量的泉源來自陰影及巫術；昆恩身屬光明的一份子，他所能控制的強大力量來自於太陽本身。他們的祖先，最古早的「絞死者」跟「陽光運轉手」，早在數百年前就已經是你死我活的宿敵，而在經歷無數個世代之後，兩大家族的仇恨與日俱增，絲毫沒有消弭的跡象。梅琳妲與昆恩，在這場永無止歇的仇恨衝突之中，從小就被灌輸了痛恨彼此的負面思想，卻在少有的停戰時段中相遇，而且一見鍾情。

他們秘密交往了好幾個月，最後終於公開了戀情。兩大家族無法接受，幾乎爲此展開大戰。然而梅琳妲與昆恩非常堅持主見，藉著他們所承襲的力量，各自威脅著要跟自己的家族斷絕關係，就算私奔也不願意分開。最後，他們舉行了無比盛大的婚禮，邀請了兩大家族所有的成員參加。一方面是要跟對方炫耀自己的實力，一方面也是預防對方在婚禮上惹事生非。當天，夜城裡所有的名人通通到場，就連渥克都親自跑來主持會場安全。那裡本來應該是夜城之中最安全的地方才對。

文森跟我兼任會場接待員，主要任務是幫客人帶位，給大家繳械，維持現場秩序，隨時準備阻止任何試圖擾亂會場的行爲。當時我倆都很年輕，還處於建立個人名聲的階段。文森的綽號是「技師」，因爲他有能力製造及維修任何東西。「魔法是很方便。」他總愛這麼說。「但是科技才是穩定的長久之道。」他特別爲了這場婚禮製作了一台自動綵帶噴灑機，並且在會場上一有空閒就跑去改良它的功效。他跟昆恩從小就是好朋友，在這段戀情還未公開的時候，他曾經多次冒著生命危險爲兩名愛人跑腿傳訊。梅琳妲是我僅存的幾名童年好友之一，因爲她所繼承的力量強大到連我的敵人也不敢輕易招惹。

婚禮過程十分順利，兩家人馬都極力克制，沒有任何人膽敢惹事。婚禮儀式結束之後，所有人都歡呼鼓掌，有些人甚至眞的以爲數百年來的家族戰爭將在當天劃下句點。新郎及新娘紅光滿面地一起離開了教堂，就好像他們屬於彼此一樣，就好像他們的生命直到相遇的那一刻才眞的算是完整了一樣。那是自動綵帶噴灑機第一次發揮它應有功效的一刻。

所有人開始照相、喝酒、吃點心，多年的宿敵們保持在安全距離外對彼此點頭問好，有些甚至展開禮貌性的交談。新郎新娘接過斟滿頂級香檳的喜宴酒杯，向所有家族成員跟美好的未來乾杯。十分鐘後，他們兩個都死了。喜宴杯裡被人下了毒。在醫療魔法及現代醫術來得及做任何事之前，一切就已經結束了。下毒的人顯然是個專家，事先完全沒有任何徵兆，直到昆恩毒發身亡，所有人才知道出事了。梅琳姐撐得比較久。她將丈夫的屍體抱在懷中，落下了一滴眼淚，然後趴在他身上悽涼逝去。

若不是渥克帶了大隊人馬待在會場的話，這場喜宴必定會以暴力收場。兩大家族的人馬當場氣瘋，相互都說一定是對方的人幹的。渥克以強勢的手段分開了雙方人馬，直到他們全部離開會場，發誓絕對要對方付出代價。接著渥克運用所有能動用的權勢，下令全力調查此事，然而什麼線索都沒有找到。嫌犯很多，因爲當年雙方家族都有不少人反對這門親事以及停戰協議，只不過沒有足夠的證據可以起訴任何人。在調查期間，兩大家族已經展開無數次街頭械鬥，只要有人蠢到落單，馬上就會被對方家族的人毫不留情地屠殺。最後，當權者介入，威脅著要將兩大家族通通逐出夜城，這才終於停止了這場紛爭。

本來我一定會竭盡所能找出兇手的，只可惜婚禮結束沒多久，我自己的生活就面臨了極大的轉變，最後並以蘇西．休特在我背上開了一槍作爲結尾。我逃離了夜城，發誓從此不再回來。

「眞是一場可憐的悲劇。」文森說著拿起了相片。「我依然懷念他們。似乎我的生命有一部分隨著他們一同死去了一樣。有時候，我認爲自己之所以留著這張照片，只是爲了提醒自己生命中最後一段眞正快樂的時光。」他放下照片，對我笑道：「眞希望他們可以親眼看見這個地方，我最偉大的成就。只可惜如今有人想要毀掉它。這也是我請渥克找你出馬的原因，約翰。你能夠幫助我嗎？」

「或許。」我說。「我還搞不清楚整個狀況。從頭說起吧，事情究竟是怎麼回事。」

文森靠上主管椅背，十指在昂貴的背心前交錯。當他開口時，聲音聽來十分冷靜，不過目光卻不時地瞟向閉路電視的螢幕。

「一切都從兩個禮拜前開始的，約翰。本來一切都很正常，跟其他的日子沒什麼兩樣，但是我們一個主渦輪機卻突然故障了。經過我的手下調查，發現那台機器遭到外力破壞。動手的人並不專業，純粹是以暴力手段將機器內部全部掏空。我的人在一小時內就修好機器，再度上工，想不到沒過多久又有別的地方傳來系統癱瘓的消息。接下來一切就是依循這個模式。我們一修好某部機器，馬上就有另外一部壞掉。別的不說，光是備用零件的花費就已經非常可觀了。對方的破壞手法沒有固定的跡象可循，根本只是毫無理性的暴力破壞。」

「沒有任何人見過對方。你也看到我雇用了多少安全警力，但是他們連個鬼影子都沒見到。電廠內部到處都裝有攝影機，然而所有錄影帶也都沒能拍到任何東西。我把錄影帶拿給專家分析，依然毫無線索。我們連對方如何進出電廠都查不出來！情況持續惡化，維修的速度漸漸趕不上對方破壞的速度。不用多久，我們的供電能力就會開始受到影響，很多人將會面臨無電可用的窘境。」

而要是普羅米修斯電力公司倒了，就表示你玩完了。我心想，不過爲了表示禮貌，我沒有把話說出口。

「競爭對手方面呢？」我說。「有沒有可能是同業幹的？想要奪取你們公司的生意？」

「競爭是一定有的。」文森皺眉道。「但是夜城裡沒有其他公司有足夠的實力吃掉我們的生意。普羅米修斯提供整個夜城百分之十二點四的電力，如果我們倒了，夜城將會有很大的區域就此陷入黑暗。沒人願意見到這種事情發生。其他公司想要接手的話只會將自己逼向毀滅的道路。」

「好吧。」我說。「那單純只是討厭你的人呢？最近有樹立任何新敵人嗎？」

他微笑道：「如果是一個月前，我會說我在這個世界上完全沒有敵人。不過現在……」他再次看了看桌上的婚禮照片。「我最近常常做夢……夢到梅琳妲跟昆恩過世的那一天。我不禁要想……會不會是謀害他們的兇手來找我了。」

我還眞沒想到他會這麼說。「爲什麼找你？爲什麼會選在六年後才來找你？」

「也許兇手認爲我知道些什麼，雖然我一點線索也沒有。又或許一切都是因爲你的歸來而再度動了起來，約翰。打從你回到夜城之後，許多沉寂已久的宿怨又開始浮出水面了。」

他這麼說並不無道理，於是我決定換個話題。「談談你所受到損失吧。你說對方破壞的手法並不……專業？」

「沒錯。」文森說。「對方很明顯缺乏眞正的科技知識。這裡起碼有十幾個一旦遭到破壞就可以癱瘓整座電廠的重點部位，不過對方卻一個都沒去碰。當然，還有一個堪稱普羅米修斯電力公司心臟部位的祕密處理器。那是我個人的發明，放置在一個鋼鐵密室之中，並且配有頂尖的防禦措施。如果沒有正確的密碼，就算是當權者也不能輕易進入。」文森對我靠來，以懇求的眼神說道：「你一定要幫我，約翰。這次的事件不止關係到我個人的生命財產。如果普羅米修斯倒閉，整個夜城都會面臨供電不足的狀況，這樣是會鬧出人命的，好幾萬人的性命都危在旦夕。」

我當時就該警覺到接下來會發生什麼事了，只不過每當有人紅著眼睛講故事的時候，我總是會被迷惑。

□

接著文森帶我參觀整座發電廠，包括從來沒有外人到過的地底設施。地下的廠區非常乾淨，並且安靜到十分詭異的地步。眞正的發電機本身體積比我想像中要小得多了，而且幾乎沒有任何噪音。我看到許多控制面板、儀器、讀數，以及許許多多閃閃發光的高科技產品，雖然對我不具有任何意義，不過我還是不時地發出讚嘆聲。這裡的一切都是文森親手設計的，然而那都是在他還是個技師，還沒當經理人的年代的事了。他一邊帶我參觀，一邊講解著每台機器的用途，不過我都左耳進右耳出，臉上帶著禮貌性的笑容，隨時注意破壞者的行蹤。最後，文森終於講解完所有機器了，而我們也正好在一道巨大的鋼門之前停下腳步。他看著我，顯然期待我說些讚賞的言語。

「這裡眞是……非常乾淨。」我說。「令人忍不住讚嘆。只不過我很難想像你光靠著……這麼小的機器就能夠供應如此驚人的電力。我還以爲會看到比這裡還要大上十倍的東西呢。」

文森笑了笑。「這些機器不是動力來源。它們的功能只是將能源轉換成電力而已。眞正的秘密藏在這道鋼門之後。不好意思自誇一句，那眞的是科學上的一大奇蹟。」

我看向那扇門說道：「難道這扇門後藏有核能管線……」

「不，不是的……」

「還是一個可控制的奇異點……」

「不是那麼暴力的東西，約翰。我的能量處理是非常安全的，完全沒有副作用。不過我恐怕不能展現給你看。有些秘密還是不要洩露比較好。」

他突然不再說話，因爲我們同時聽到某個奇怪的聲響。走道另一端的某台機器開始劇震，其上的一個通風口冒出濃密的黑煙。在警報聲響起之前，那台機器已經自動關機。文森後退兩步，背部靠上了身後的大鋼門。

「他來了！破壞者……他從來沒有這麼深入過。他一定一直都在跟蹤我們……你有武器嗎，約翰？」

「我不帶槍。」我說。「沒有必要。」

「通常我也不帶槍，不過這一連串事件發生之後，我開始覺得帶把武器在身上比較安全。」他從外套內袋裡取出一把銀色的槍，看起來威力強大，頗具未來風格。文森驕傲地舉槍說道：「這是把雷射槍，可以發射足以對抗黑暗勢力的強化光線。這是我另一項發明。如果不是管理發電廠佔用了我大部分的時間，這把槍的威力絕對不止於此。我沒看到有人，約翰。你看到了嗎？」

離我們不遠處的一台機器突然爆炸，除了帶來更多黑煙之外，剩下的機器所產生的噪音也在瞬間變得更大聲，彷彿它們必須更加努力運作才行。沒多久第三台機器也炸了開來，碎片飛散，威力驚人。我們頭上的燈光閃了幾下，然後就熄滅了。如今到處都是陰影，深邃而又黑暗。某幾台還沒爆炸的機器開始發出恐怖的聲響。然而截至目前爲止，我們連破壞者的影子都沒看到。

文森臉色發白，冷汗直流，雷射槍口四處亂比，不過持槍的手卻在顫抖。「來吧，來吧。」他嘶聲叫道。「這裡是我的地盤。我準備好跟你面對面啦。」

我的眼角突然瞄到一個白白的東西，不過轉頭過去的時候，那東西卻早已經不見了。接著我又在兩台機器中間的陰影處發現了一道白色的蹤影。對方閃來閃去，消失出現都只是一眨眼的時間，但是每次出現都在不同的位置，有如月光一般朦朧，不過也漸漸開始凝聚出一個蒼白的臉部輪廓。它在陰影之間游移，始終不踏入光線照明的範圍，然而顯然是在步步向我們逼近，或許，是在向我們身後的鋼門，普羅米修斯電力公司的核心秘密逼近。

我猜想對方多半是某種鬼魂，可能是隻喧鬧鬼，這就可以解釋閉路電視沒有錄到任何影像的原因。只要動機足夠，鬼魂是可以在科學及魔法之間的界限中游走的。然而如果是這樣的話，文森需要的就是個祭司或驅魔師，而不是私家偵探。我對文森提出建議，他聽完非常生氣。

「動工之前我就已經找了好多人對這個地點進行背景調查，沒有人跟我說這裡會鬧鬼。這整個地區應該都不受到魔法跟超自然能量的影響才對，就是因爲這樣我才把發電廠蓋在這裡的！我是『技師』，我製造高科技產品，這是我的天賦，就像你會找東西一樣，約翰。我不知道要怎麼對付鬼魂，你才是這方面的專家。我們現在該怎麼做？」

「那要看這個鬼的目的爲何。」我說。

「他的目的就是要毀了我！我以爲這很明顯，不是嗎？」

如今對方同時出現在很多地方，幾乎有黑影的地方就可以看到它的蹤跡，毫不停步地接近我們。對方身泛白光，忽隱忽現，雙臂修長，敵意甚濃。就看白影兩手一揮，瞬間地上所有碎片通通騰空而起，有如一堆金屬冰雹對著我們直撲而來。我兩手抱頭擋在文森身前。撐過這陣金屬雹之後，我們抬起頭來，發現那道白影如今站在一台機器之前，正以超自然的蠻力將其撕碎。文森大吼一聲，對準白影就開了一槍，不過對方卻在被擊中之前就已經消失。我的背緊緊貼在鋼門之上，打量著四周形勢。這裡沒有其他出口，我們完全無路可逃，於是我做了唯一能做的事，開啓了我的天賦。

我不喜歡太常使用天賦，因爲這樣會向我的敵人洩露自己的行蹤。

我內心一沉，集中注意，慢慢地展開了第三隻眼，我的心眼。心眼一開，對方立刻無所遁形，讓我的心靈力量逼出陰影，走入光明，毫無保留地站在我們面前。她對我點點頭，然後張大漆黑的雙眼瞪向文森。儘管跟婚禮照片裡的形象已有很大的不同，不過我還是立刻認出她來。梅琳妲·達斯克，死去六年之後再度現身，身上依然穿著美麗的潔白婚紗，只不過如今婚紗已爛，梅琳妲的身體也失去了所有血色。她漆黑的長髮披散在裸露的香肩之上，雙唇呈現恐怖的紫白色，兩眼……黑得可怕，有如臉上的兩條黑洞一般。她看來非常憤怒、煩躁而且淒厲。絞死者之女，黑暗女王，以一種冰冷又不自然的形態展現出多年不衰的美貌。她舉起一隻手，以其在墳墓中滋長的指甲憤怒地指著文森。我看向文森，發現他呼吸急促、全身顫抖，但是似乎並不怎麼驚訝。

我收回天賦的力量，不過她依然清楚地在我們面前。我向前走出一步，梅琳妲恐怖的目光終於移到我的身上。我高舉雙手，讓她知道我沒拿任何武器。

「梅琳妲，」我說。「是我，約翰。」

她偏過頭去，不再看我。顯然我並不重要。她所有的注意、所有的憤怒，通通集中在文森身上。

「告訴我眞相，文森。」我小聲道。「這是怎麼回事？你從頭到尾都知道是梅琳妲，對不對？對不對？她爲什麼這麼氣你？爲什麼在六年之後還要從墳墓中爬出來找你？」

「我不知道是她。」他說。「我發誓，我不知道！」

「他知道。」梅琳妲說。她的聲音細微但是很清晰，彷彿穿越無法想像的距離直達我的耳中。「你很會挑地方，文森。你挑了一個夜城之中距離我們家族最遠的地點，加上發電廠動工之前私下施行的血祭以及種種誓言，的確可以擋得住任何惡靈侵擾——除了我之外。我乃是黑暗的聖者，世上所有陰影都是我的門戶。我花了足足六年的時間才終於探出你的下落，不過如今既然被我找到，你就別想逃出我的掌心，因爲我唯一關心的東西就在此地。我是來報仇的，文森。親愛的朋友，文森，你將會爲了對我及昆恩所做的惡行付出代價。」

到了這個時候，我終於明白發生什麼事了。我震驚到忘了生氣，只能呆呆地看著文森。

「是你殺了他們——」我說。「你謀殺了梅琳姐跟昆恩。但是你跟他們是朋友呀……」

「最好的朋友。」文森說。他不再顫抖，聲音也穩定下來。「我願意爲你們兩人做任何事，梅琳姐，但是你們卻在我需要你們的時候讓我失望。於是我在喜宴杯中下毒。我必須這麼做。下毒的過程出乎意料的簡單。誰會去懷疑伴郎呢？從來沒人懷疑過我，連渥克也不例外。」他突然看向我，臉上發出詭異的微笑。「我本來就猜想是梅琳姐在從中破壞，不過還是需要你來幫我確認，於是我請渥克用我的名義與你接觸。因爲只要靠著你的天賦，我們就可以讓她無所遁形。你只需要幫我限制她的行動就好了，我的雷射槍將會把她徹底毀滅，永遠無法回來找我麻煩。幫我這個忙，約翰，我會讓你成爲普羅米修斯的合夥人。你將會得到超乎想像的權力與財富。」

「他們也是我的朋友。」我說。「再多財富也不能讓我背叛朋友。」

「當我的朋友，約翰。」梅琳妲說。此刻她已經非常接近，我甚至可以感覺到一股寒氣襲體而來。「最後一次，當我跟昆恩的朋友。幫我找出文森的能量來源，找出他的秘密所在。」

文森開了一槍。雷射穿越了她泛著光芒的軀體，不過她卻沒有半點受傷的跡象。

我再度喚醒天賦，集中我的心眼，找出了深藏秘密的地點，以及進入的方法。我轉身面向鋼門，鍵入正確的密碼，厚重的鋼門當即緩緩開啓。文森大叫了幾聲，不過我卻沒去管他。我穿越了鋼門，走進其後的密室，梅琳妲跟著也飄了進來。在這間文森特別打造的密室之中，我們發現了他之所以能夠輕易產生如此巨大電力的秘密。他的秘密就是昆恩，陽光運轉手。

他的外表依然很像婚禮照片裡的樣子，不過就跟梅琳妲一樣也經歷了一些轉變。昆恩身上穿的還是那件黑皮衣，只不過上面的小飾品都已經骯髒、生鏽。他的身體被關在一個精神牢瓶裡，那是一種專爲囚禁死者靈魂而設的玻璃櫃。巨大的電纜線穿過牢瓶的兩側，插入昆恩的雙眼、嘴巴以及身體上許多的大洞裡。自太陽中擷取能量的陽光運轉手昆恩，如今被人擺在這裡成爲一顆大電池。精神牢瓶囚禁了他的軀體與靈魂，進而控制他的力量。電纜線吸收了他的力量，經由文森的機器轉化，最後成爲夜城中主要的電力來源。

眞是殘酷的天才。不過話說回來，技師的眼光總是看得比較遠。

梅琳妲在精神牢瓶周圍徘迴，以無比思念的神情看著她死去已久的愛人，但是卻沒有辦法觸碰到他的身軀。我伸出手指觸摸牢瓶上的玻璃，試探著它的硬度。

「離開那裡，約翰。」文森說。

文森走進密室，槍口對著我。他笑了，不過笑聲中有點顫抖。

「普通的槍對你無效，約翰。我知道。我知道你有辦法取出槍裡的子彈。不過這可是把雷射槍，它能夠輕易地殺死你。很棒的武器，直接從昆恩身上擷取能量。所以我勸你最好乖乖聽話，用你的天賦箝制梅琳妲，讓我消滅她。要不然的話，我就會慢慢地將你折磨致死。」

「殺了我，你要怎麼對付梅琳妲？」我說。

「喔，既然已經確定是梅琳妲，相信我一定會想出辦法的。說不定我該爲她打造另一個精神牢瓶。」

「為什麼?」我盡量保持心平氣和地說道。「你們三個是多年好友，比家人還親。到底為了什麼，文森?是什麼讓你變成殺人兇手?」

「他們令我失望。」他冷冷地道。「在我最需要他們的時候，他們竟然不肯幫我。這座發電廠是我的畢生夢想，你知道嗎?這是一個能夠為夜城提供穩定電力的方法，簡直就是張印鈔執照，是我一生所追求的目標。只要昆恩肯幫忙，我就可以完成我的夢想。只要他肯把身體借我研究一下，我就可以在實驗室中創造出使這座發電廠成真的力量。但是當我把這個想法告訴他的時候，他卻一口回絕。說什麼他的力量是家族秘密，不能跟其他人分享。我為他付出了這麼多，他竟然連這點忙都不肯幫!我去找梅琳妲，要她幫我勸昆恩，但是她根本不願意聽。她跟昆恩想要共同計畫一個全新的生活，而我完全不在他們的計畫之中。」

「然而當時我已經把身家財產全部投注到這個案子上，而且還跟一群惹不起的人物借了一大筆錢。我從來沒想到昆恩竟然會拒絕我。案子已經推動了，絕不能說停就停，所以我只好殺了昆恩跟梅琳妲。這一切都是他們咎由自取，是他們要把個人的快樂擺在我的需求之前，擺在我的成功之前。我本來要讓他們成爲合夥人，讓他們賺進大把鈔票的。在他們死後，我的金主將昆恩的屍體自墳墓中挖了出來，以一個複製品掉包，然後交給我使用。到最後他還不是得要幫我工作！他是我……沉默的合夥人，如果你樂意這麼想的話。」

梅琳妲看著我，默默地懇求著。精神牢瓶中充滿了光明，完全沒有任何陰影可供她運用。我看著牢瓶思考，文森則將槍口對準我的肚子。

「想都別想，約翰。如果你打破牢瓶，截斷了昆恩跟發電廠之間的連結，那整間電廠就算完了，夜城將會失去我所提供的所有電力，到處都會停電，數以千計的人們將會死去。」

「啊，這樣呀……」我說。「那些人給過我什麼好處？」

我展開天賦，輕而易舉地找到精神牢瓶的入口，將之撕開一條裂縫。對昆恩來說，這一點點的縫隙已經足夠了。他的身體開始巨震，瞬間綻放出強烈的光芒。陽光刺眼，沒有任何肉眼可以逼視。文森跟我同時轉開頭去，伸出雙手擋在眼前。精神牢瓶無法承受陽光運轉手的力量，最後終於爆炸，有如雨滴一般灑出玻璃碎片。我強迫自己轉頭，拚著眼睛刺痛也要親眼看著昆恩自牢瓶的殘骸中走出。他拔出臉上跟身體裡的電纜線，任由它們有如斷肢殘臂一般在地上抽動。

屍體看著鬼魂，兩者相視一笑。自從婚禮過後，這兩人直到今天才終於能夠再度重逢。這時文森跌跌撞撞地向前衝來，視力還沒完全恢復，不確定他想對誰開槍，不過我並不打算冒險。我低頭抓起一條電纜線，向前跨出一步，當場就將纜線插入文森眼中。纜線深深陷入眼洞裡，毫不遲疑地吸吮著文森的生命能量。就聽他大叫一聲，抽動幾下，身體落地之前就已經死去。

梅琳妲．達斯克以及昆恩，絞死者之女以及陽光運轉手，雖然死去但卻不再分離，此時早已攜手離去。他們的眼中只有彼此，根本不再在乎復仇這類的小事。昆恩的屍體如今只剩一個空殼，靜靜地跟他的老朋友文森一起躺在地板上。我看了看昆恩的屍體，心中盤算著是否要將他帶回家族重新埋葬。既然我無法證明今天在這裡發生的事，那麼只要兩大家族的停戰協議依然有效，還是不要做出任何可能挑釁的行爲比較好。畢竟，當初文森還能找什麼人來當金主？除了兩大家族中某些派系的人馬之外，還有誰會在他失敗這麼多次之後依然願意借錢給他？

我走出密室，將兩具屍體留在裡面，然後再一次運用天賦找出發電廠的自毀裝置。我知道這裡一定有這種設計的，因爲文森是個爲了捍衛秘密不擇手段的人。我走到安全的距離之外，啓動了最後倒數，然後叫廠外的安全人員立刻離開。在看到、聽到我的聲音及眼神之後，所有人都聽從我的建議轉身就跑。等我走到三條街之外的時候，整座普羅米修斯發電廠就在一陣爆炸之中毀滅殆盡。我頭也不回，繼續向前走去。

這稱不上什麼成功的案子。我的客戶死了，沒有對象可以收錢。渥克多半會爲了發電廠毀滅而大發雷霆，更別提有多少人會因爲這次停電而受到傷害。然而，這一切都不重要。因爲梅琳妲·達斯克跟昆恩都是我的朋友，沒有人能在殺害了我的朋友之後還奢求有好下場。

chapter 2 閒暇

人生中難免有不順遂的時候，所以大家都需要有個避風港。我的避風港通常是號稱全世界最古老的酒吧的陌生人酒館。儘管這家酒館隱藏於某條時有時無的巷子之中，外表看起來毫不起眼，不過它確實是個飲酒作樂、逃避追殺的好地方。酒館的主人名叫艾力克斯．墨萊西，是個對任何人都充滿敵意的傢伙。他不允許任何人在酒館中惹事，尤其是我。

爲防有人從後面偷襲，我選擇了一張靠角落的桌子坐下，然後叫了瓶苦艾白蘭地好好享受一番。那酒的味道有如超級名模的眼淚，酒性烈到只要隔壁桌有人點根火柴就會爆炸。我低著頭偷偷地觀察四周，確定沒有人注意到我的出現，也沒有人有離開酒館出去告密之類的舉動。看來，我這次搞砸的消息還沒有流傳開來。摧毀夜城中百分之十二的電力供給絕對會惹火一大堆人，再加上一開始找我去解決此事的渥克……我忍不住聳了聳肩。不過如果他們連這點玩笑也開不起，那一開始就根本不該僱用我。

陌生人酒館很少這麼安靜。所有電燈都熄了，整家酒館裡面都是靠著蠟燭、防風油燈，以及魔法提供照明，整體呈現一種金黃色的朦朧美，有如泛黃的老照片一般。

我點酒的時候，艾力克斯告訴我夜城裡有許多地方都停電了。我聽完只是點點頭，也沒有多說什麼。艾力克斯對於停電帶來的不便跟損失非常生氣，不過他生氣也不是什麼新聞。陌生人酒館的老闆兼酒保是個又高又瘦、愛發牢騷的男人，一輩子只穿黑色的衣服，只因截至目前爲止還沒有人發明出更陰沉的顏色。他爲了遮蓋禿頭而戴了一頂黑色的貝雷帽，還爲了掩飾自己憤世嫉俗的眼神而戴了一副墨鏡。

他是我的朋友，起碼有時候是。

CD唱盤裡所播放的音樂輕易蓋過了酒館中顧客的交談聲，顯然今日的酒客比平常少了許多，大部分的人都想趁著難得停電的機會撈點油水。在電力恢復之前，夜城必須度過一段十分混亂的時期。艾力克斯的寵物禿鷹此刻正棲息在收銀機上，一面自顧自地叫著，一面狠狠地瞪向所有膽敢走近的人。酒館的保鏢，貝蒂跟露西．柯爾特倫，正在吧檯角落玩弄著健身器材。就看她們全身肌肉結實、青筋突起，模樣十分駭人。蒼白麥可在一旁開了賭局，賭她們兩個哪一個會先昏倒。

我的年輕祕書，凱西．貝瑞特，如今正站在桌上隨著音樂狂野起舞。這時放的音樂是「蜂巢之音」樂團的「甜心別走」。凱西是個金髮美少女，渾身上下充滿永無止盡的活力，幫我處理著辦公室裡的一切瑣事。自從將她從一棟想要吃她的房子裡救出來之後，我就被她收養了，完全沒有機會提出任何反對意見。在桌上跟她面對面跳舞的是身穿皮衣、披風、面具，以及一雙六吋高跟鞋的「命運小姐」。命運小姐是夜城中獨一無二的變裝癖超級英雄，一個喜歡裝扮成女超人去維護正義、打擊犯罪的男人。儘管有點特立獨行，不過他還眞是個很厲害的超級英雄。凱西跟命運小姐隨著「怪物與天使」的音樂節拍在桌上盡情跳舞，我忍不住看著她們微笑，因爲她們實在是整間酒館裡最引人注目的焦點。

我在杯中倒滿了暗紫色的液體，爲懷念梅琳妲．達斯克和昆恩而乾了一杯。很高興知道他們報了大仇，再度團聚，終於可以享受永遠的安息。我的朋友所剩不多，大部分要不是被我的敵人殺害，就是死在我手中。在夜城這種地方，所謂的道德觀沒有一定的標準，愛情跟忠誠都是可以犧牲的東西。我僅存的幾個老朋友都是超級危險的角色，而且都不是普通的瘋狂。剃刀艾迪、霰彈蘇西……這兩個老朋友都曾嘗試奪走我的性命。我並不會爲此而怪罪他們，至少不會非常怪罪。在夜城過日子並不容易，而在夜城中死亡通常也比正常世界來得悽慘。我輕啜著杯中美酒，享受著耳中的音樂。反正暫時沒有事情要忙，我可以好好坐在這裡喝完一整瓶酒。

我不喜歡爲死者哀悼，不過卻經常得爲死者哀悼。

我環顧四周，想找點能夠讓自己分心的東西。吧檯上趴了一名醉倒的水手，背上的刺青正透過他的鼾聲爭論著一些哲學上的問題。坐在吧檯另一端的木乃伊則一邊喝著琴湯尼一邊補綴著身上的繃帶。他們之間坐了一個身穿染血實驗室白袍的酒鬼，正在努力地跟顯然興趣缺缺的艾力克斯．墨萊西解釋「逆向骨相學」的基本原理。

「你看嘛，所謂的骨相學是一個維多利亞年代的古老學說，主要的原理就是藉著人的頭形及其上突起的特徵來判斷一個人的個性。不同形狀與位置的突起代表了不同的個性特徵，懂了嗎？那麼，所謂的逆向骨相學就是說，只要我們拿錘子在一個人的頭上正確的位置敲出正確的大包，理論上就可以改變一個人的個性。」

「你我之間有一個人需要多喝一點。」艾力克斯說。「因爲你的話竟然開始有點道理了。」

凱西突然在我對面的椅子上坐下，全身流著快樂的汗水，喘著歡愉的氣息。她對我開心地笑了笑，然後不知道從什麼地方拿出了一瓶香檳大口喝了起來。凱西總是點很貴的香檳，也總是有辦法把帳單塞到我手裡。

「我超愛跳舞的！」她笑道。「有時候我認爲整個世界都應該擁有量身訂做的背景音樂。」

「這裡是夜城，我肯定有人已經在做這件事了。」我說。「妳朋友呢？舞后去哪了？」

「喔，他去廁所補妝了。你知道，約翰。我老遠就可以看到你的苦瓜臉。這次又是誰死了？」

「爲什麼會認爲有人死了？」

「你只有在失去親近朋友的時候才會喝那種苦艾劣酒。那玩意兒給我洗梳子都嫌髒呢。我以爲普羅米修斯的案子應該很好解決才對。」

「我眞的不想談這個，凱西。」

「當然不想，你只想自怨自艾，影響所有人的心情。小心點，不然你會變得跟艾力克斯一個樣子。」

凱西總是有辦法讓我笑。「這倒不怕。我跟艾力克斯的層級不同。那傢伙的自怨自艾已經到了可以參加奧運的地步，而且至少能贏得銅牌回來。陌生人酒館之所以從來沒有快樂時光就是因爲有他的關係。」

凱西嘆了口氣，湊到我面前，假裝生氣地說：「快點投入下一個案子吧，約翰。你只有在工作的時候才會眞正快樂起來。只可惜基於你的專長所限，有工作也未必是什麼好事。你該多出去走走，多跟人們互動，我是指不會試圖殺你的人。你知道，我昨天在網路上找到一個爲專業單身漢設計的約會網站……」

我聳肩道：「我逛過這種網站。『嗨！我是崔西，我染上了一種嚴重的疾病，跟我講電話就會被傳染唷！只要把你的信用卡號碼給我，我保證在三十秒內讓你欲哭無淚！』不必了，凱西。我很享受這種自怨自艾的感覺，對建立自我風格很有幫助。」

凱西嘟起了嘴，然後無奈地聳聳肩。她是個沒辦法不高興太久的人。她把剩下的香檳喝完，開心地打了個嗝，然後就四處亂看，尋找下一個舞伴。儘管我不曾在她面前承認，但她的想法其實沒錯。對我來說，只有工作才能賦予生命意義。不過既然上一個成功的案子幫我賺進了二十五萬英鎊，外加獎金，如今我當然有資格挑案子接（我在天堂與地獄的夾擊之下幫梵蒂崗找回墮落聖杯，這筆錢當眞是血汗錢）。或許該招攬下一個案子了，就當是爲了把普羅米修斯電力公司的事情拋到腦後也好。

「我好無聊。」凱西說著兩手在桌上一拍。「每天坐在你那間昂貴的辦公室裡卻沒有事情可做眞的很無聊。我知道辦公室裡很舒服，我也很喜歡新買的那些設備，只不過像我這種發育中的女孩總不能整天泡在網路上逛色情網站呀。我跟你一樣需要找點事做。我也想出去打擊犯罪耶。我幫你過濾這麼多案子，總有一、兩件是讓你感興趣的吧？把影子搞丟的那件事怎麼樣？還是在牌局中作弊輸掉自己青春期的那個男的也不錯。」

「妳等等吧。」我大聲道。「我這才想到，妳也跑來酒館鬼混，那現在我那間昂貴的新辦公室是誰在看管呀？」

「啊，」凱西笑道。「我用很好的價錢買了幾台來自未來的電腦。最近我們的生意基本上都是它們在處理的。它們甚至可以自動接聽電話，還懂得如何跟我們的債主嗆聲。」

「妳從多遠的未來裡買來的？」我懷疑地問道。「我是說，它們具有眞正的『人工智慧』嗎？會不會要求薪水？」

「別緊張！它們有搜尋資料的狂熱，而夜城正是投其所好的地方。我們可以叫它們幫你找些有趣的工作。」

「凱西，我會接普羅米修斯的案子，只是爲了應付應付妳而已……」

「才怪，你不是！」凱西大聲道。「你接那個案子是爲了讓渥克欠你人情。」

我皺皺眉頭，喝了口酒。「沒錯，只可惜天不從人願。」

「喔，天呀。」凱西道。「下次他來的時候，我是不是又要鎖起門窗、躲到桌子底下去？」

「我認爲最近我們兩個最好都不要進辦公室。」

「這麼嚴重？」

「差不多。就讓渥克去跟電腦談吧，正好試試它們的能耐。」

酒館中突然閃出一道白光，接著一個男人憑空出現，摔倒在吧檯前方。他身上的名牌服飾殘破不堪，四周所有金屬物品同時爆出電光，空氣中瀰漫了臭氧的味道。這些都是時光旅行的正常現象。男人呻吟幾聲，從地上爬起，伸手抹了抹鼻血，顯然最近跟人打過一架。我認識這個男人。不過如果在街上遇到的話，我一定會假裝不認識他。他名叫湯米．亞布黎安，也是個私家偵探，不過他都是處理比較普通的案子。他東倒西歪地站起身來，背靠著吧檯撐著自己身體，撿起身旁已經爛成一條條的爛布。這時他突然發現我在一旁觀看，整個人突然變得滿臉怒容，舉起顫抖的手指對著我就大吼大叫了起來。

「你！泰勒！都是你害的！我要閹了你！」

「我已經好幾個月沒見過你了，湯米。」我冷靜地道。

「沒錯，但是你將會遇到我。都是未來的你害的！不過下次我會準備好的！我會帶槍！很大支的槍！」

他一罵起來就沒完沒了，不過我沒心情跟他吵，於是看了艾力克斯一眼，後者立刻就對兩個保鏢打個手勢。貝蒂跟露西很高興有機會可以活動筋骨，二話不說衝向前去。湯米蠢到連她們一併罵上，當場被摔到地上，要害上中了幾腳，然後被拖出陌生人酒館。凱西不太高興地向我看來。

「到底怎麼回事？」

「我哪知道？」我說。「不過應該不用多久就會知道了。」

「不好意思。」一個帶有法國口音的男子說道。「我是否有榮幸可以跟約翰．泰勒先生說幾句話呢？」

凱西跟我一起轉過頭去。我們身後是一名身材短小，體型略肥，穿著訂作西裝的中年男子。他看來非常優雅，身上連根紊亂的毛髮也沒有，臉上的微笑更是令人感到親切。照理說他應該沒有可能在不被我發現的情況下穿越整間酒館來到我身後的，但他畢竟還是站在這裡了。他很禮貌地對我點點頭，然後向凱西微笑，親吻了她的手背。她朝他回以一個燦爛的笑容。我討厭這個傢伙。我不喜歡有人偷偷摸摸地溜到我身後，這種人對我的健康會有不好的影響。我比了手勢要法國佬抓張椅子坐下。他很嚴肅地看了看那張椅子，從口袋裡拿出一條白色的手帕在椅子上擦了幾下，這才終於坐了下來。我神色不善地瞪了他一眼，提醒他不該在這種地方如此囂張。

「我就是約翰．泰勒。」我大聲道。「這位先生遠道而來，有什麼需要我幫忙的嗎？」

他簡單地點點頭，絲毫不爲所動。「我名叫查爾斯．卡布隆，是巴黎有名的銀行家。我大老遠跑來只是爲了要見你，泰勒先生。我想知道能不能借用你的專長幫我做件事。」

「誰推薦你來的？」我小心問道。

他再度展現迷人的微笑：「是你的一個老朋友，不過他不願意洩露身分。」

我很滿意這個答案。「我常聽到這個答案。」我承認道。「你想要我做什麼，卡布隆先生？」

「請叫我查爾斯就好了。我是爲了我女兒來的。你或許聽說過她，她是近期夜城中當紅的歌手，名叫『洛欣格爾』，當然這只是藝名。洛欣格爾在法文中的意思就是夜鶯。她起初是要到倫敦發展，不過大約五年前卻跑到夜城，立志成爲職業歌手。這一年來，她紅遍夜城裡所有夜店，歌唱事業如日中天。我聽說還有一家主流唱片公司打算幫她推出專輯，這當然是一件好事了。」

「然而，自從她換了新老闆，什麼卡文迪旭夫婦之後，她就只在一家叫做『卡里班的洞』的夜店演唱，而且整個人都開始……變了。她違反了之前跟朋友及家人承諾的所有約定，不接電話，也不回信。她的新公司根本不讓任何人接近她。他們聲稱這是出於她本人的要求，同時也是爲了保護她不受瘋狂粉絲的騷擾。但是我認爲不是這樣的。她母親非常擔心，認定是卡文迪旭夫婦慫恿她跟自己家族對立，甚至是要利用她達到某種目的。於是我來夜城找你，泰勒先生，希望你能幫我們找出這件事的眞相。」

我看向凱西。跟音樂有關的事情是她的專長，因爲她玩遍了夜城所有的夜店。她對我點點頭。

「對，我知道洛欣格爾、卡里班的洞，還有卡文迪旭夫婦。他們是卡文迪旭地產公司的老闆。夜城中所有著名的建築案幾乎都跟他們有關。他們本來是房地產業最大的一家公司，可惜因爲前一陣子天使戰爭的關係，夜城的房地產徹底崩盤，很多人因此失去了身家財產。在那之後，卡文迪旭夫婦開始轉進娛樂界，簽下了許多酒吧、樂團及歌手……雖然目前爲止還沒什麼驚人的成就，不過他們已經在這一行中建立起很大的影響力。其他經紀公司都知道不要跟卡文迪旭夫婦搶人。」

「他們是什麼樣的人？」我問。

凱西皺起眉頭。「沒有人知道卡文迪旭夫婦的名字。他們鮮少出門，喜歡透過中間人辦事，談判的時候並不反對使用激烈的手段，不過當然，能在娛樂圈混下去的人絕不會是什麼善男信女。傳說他們不但是夫婦，同時也是兄妹……卡文迪旭地產公司是祖傳事業，已經經歷過好幾個世紀。最近很多人都說該公司當前的經營者嗜錢如命，爲了賺錢不擇手段。他們之前本來要捧一個名叫席維雅・辛恩的歌手，不過最後卻以醜聞收場。雖然整件事讓他們用錢給遮掩了下來，不過夜城是個紙包不住火的地方。他們很可能會對洛欣格爾做出相同的事，只希望她的經紀人有仔細閱讀合約。」

「她沒有經紀人。」卡布隆說。「卡文迪旭地產公司幫洛欣格爾全權處理演藝事業相關事務。你應該可以了解我在擔心什麼。」

我懷疑地看著他。他有事瞞著我，我看得出來。

「你女兒當初爲什麼要來倫敦跟夜城發展？」我問。「巴黎本身就擁有不小的音樂市場，不是嗎？」

「當然，不過大家都知道，眞的想要成爲超級巨星還是得要到倫敦。」卡布隆嘆氣道。「她母親跟我從來都不把她愛唱歌當一回事。我們希望她從事更令人尊敬的工作，擁有未來跟退休金的工作。可惜她眞正在乎的只有唱歌這件事。或許是我們太急了。我幫她安排一場面試，在我的銀行裡當一個初級職員。雖然職位不高，但是很有前途。想不到她一氣之下，當場逃家來到倫敦。我派人去找她，結果卻逼得她躲進夜城。如今……她惹上了麻煩，我敢肯定，這種事逃不過我的耳目……我希望你能去找我女兒，泰勒先生，確保她能快樂地過活，不被任何人佔便宜。我並不是要你強迫她回家，只是希望能看到她生活無慮，讓她知道朋友跟家人的關心，讓她知道……我們不敢奢求她的諒解，只希望她能三不五時跟家裡報個平安。她是我唯一的孩子，泰勒先生，我必須要確保她擁有快樂安全的生活。你了解嗎？」

「當然了解。」我說。「但是我真的不了解你爲什麼找我。有很多其他人更適合處理這種事。我可以安排你跟一個名叫渥克的男人見面，他是夜城當權者的……」

「不，」卡布隆立刻道。「我要你。」

「我並不太擅長這種事。」

「有人死了，泰勒先生！有人因爲我女兒的關係而死掉了！」他過了一會兒冷靜下來，才又說道：「聽說我的洛欣格爾最近淨唱一些悲傷的歌曲，而這些歌悲到讓許多她的歌迷聽完歌回家就自殺。目前爲止，死亡人數已經到了經紀公司無法粉飾太平的地步。我要知道到底在我女兒身上出了什麼事。這種事情在你們夜城並非不可能發生。」

「好吧。」我說。「說不定這畢竟還是我專業領域內的案子。不過先說好，我收費不低唷。」

卡布隆笑了笑，終於回到他所熟悉的話題。「錢對我來說不是問題，泰勒先生。」

我對他報以一笑。「我就愛聽這句話。我的一天都因爲這句話而變得美好了。」

我轉向凱西。「回辦公室，叫妳的新電腦展開身家調查。我要知道所有關於卡文迪旭夫婦的事情，他們公司、他們的財務現況、他們有哪些手下、又欠了什麼人錢。然後再查查洛欣格爾加入卡文迪旭之前的情況。她在哪些地方駐唱過，有些什麼朋友之類的東西。卡布隆先生……」

我四下看了看，卻發現他已經離開了。到處都沒有他的蹤跡，雖然他根本不可能在這麼短的時間內走到任何出口。

「討厭，眞夠詭異的。」凱西說。「他怎麼辦到的？」

「卡布隆先生的身分絕對不只這麼單純。」我說。「不過話說回來，在夜城哪個人不是這個樣子。查資料的時候順便連他一塊查，凱西。」

她很快地點點頭，對我拋了一個飛吻，然後立刻離開。我離開座位，晃到吧檯前方，將軟木塞塞回苦艾白蘭地的瓶口裡，然後把瓶子交給艾力克斯。我暫時不需要喝酒了。艾力克斯將瓶子收了起來，然後得意地對我笑了笑。

「我認識洛欣格爾。她太瘦了，不合我的品味，但是喜歡她的人可多了。當年我曾僱她在這裡駐唱，想要提高一下酒館的格調，可惜沒半點用處，不過那是因爲這裡的格調本來就無可救藥了，不管她唱得再好也沒屁用。」

「你又在偷聽了，艾力克斯。」

「當然，這裡是我的酒館，什麼事都瞞不過我的耳目。總之，洛欣格爾是個很漂亮的女人，聲音也很甜美，更重要的是，她很便宜。當年她願意在任何地方駐唱，除了混口飯吃外，也爲了吸收經驗。她有唱歌的需求跟渴望，你可以從她的臉上看出來，從她的聲音裡聽出來。那不只是一般歌手的自尊，更像是她與生俱來的一種使命。當時她不算很突出，但是我知道她將來的成就必定不可限量。少了努力的決心，天賦根本跟狗屎沒兩樣，而她是個肯努力的女人。」

「當時她都唱些什麼歌？」我問。

艾力克斯皺眉：「她只唱自己創作的歌曲。很正面，很有自我風格的曲子。你知道，就是那種滿好聽但是不太容易讓人留下印象的東西。我肯定她在這裡駐唱的時候絕對沒有自殺事件，不過這裡的常客絕對比一般夜店的聽眾堅強就是了。」

「所以她並不像是她父親口中的奪命女歌手？」

「一點也不像。不過說眞的，夜城可以改變任何人，而且通常只有變壞，很少有變好的。」艾力克斯停了停，順手擦了擦吧檯，避開我的目光。「聽說渥克在找你，約翰。而且他很不高興。」

「渥克什麼時候高興過了。」我假裝鎭定地說道。「不過爲了以防萬一，如果他來找我的話，就說你沒見過我，好嗎？」

「有些事永遠都不會改變。」艾力克斯道。「走吧，滾出我的酒吧，有你在會降低這裡的格調。」

我離開陌生人酒館，走入夜色之中。在我面前，霓虹燈一盞一盞地重新燃放出光芒，有如地獄裡的地標一般。我決定把這種景象當作是好兆頭，腳下不停，繼續前進。

chapter 3 停電的上城區

ingale's Lament Nightingale's Lament Nightingale's Lament Nightingale's Lament Nightingale's Lament Nightingale's Lament Nigh

如果要追求眞正上好的夜城夜生活，你就必須到上城區。只有在那裡，你才能找到最華麗的建築、最頂尖的娛樂以及最誘人的墮落。那裡所有的服務都保證値回票價，不過不保證能夠贖回迷失的靈魂。人們一不小心就會將靈魂迷失在上城區。當然，這也是它迷人的地方之一。陌生人酒館離上城區很遠，所以我只好鼓起勇氣，走到街邊，伸手攔下一輛飛行轎子。

我認得這家飛行轎子的公司，所以才敢上他們的轎子。不論是對人類的肉體還是靈魂而言，所有行走在夜城街道上的交通工具都是非常危險的東西。在我舒舒服服地坐上轎子之後，轎子就十分平穩地浮了起來。轎身的材質非常堅固，兩旁的小窗子上也都裝有防彈玻璃。這種玻璃不只防彈，還能防止其他許多不同類型的攻擊。抬轎子的不是人類，因爲這家公司的老闆是一個十分和善的喧鬧鬼〔註〕家族。喧鬧鬼抬起轎子比人類挑夫要快多了，而且沒事也不會跟乘客閒扯淡。在面對街上其他不友善的交通工具時，喧鬧鬼也具有保護乘客的能力。夜城中聚集了來自各個年代的交通工具，

註：喧鬧鬼（poltergeist），喜歡移動房間中物品的小鬼，有時會把人都舉起來。

不論過去、現在、未來，各式各樣應有盡有，而且大部分都不太友善。這裡有以邪惡祭壇上的紅酒作爲燃料的計程車，也有藉著惡魔淚與天使尿運行的銀色子彈車，外加許多外形像車其實不是車的飢餓野獸。

一群無頭騎士突然駕著摩托車包圍了飛行轎子，不過喧鬧鬼隨手一拍就讓他們摔成一團。其他車輛一看到這種情形，立刻離我們遠遠的，我們也就安安穩穩地進入上城區。到了上城區後，你馬上就能感受到蓋過了無數血腥、汗水以及眼淚的刺激快感。世界上再也沒有比這裡的霓虹燈更加閃亮的地方了。到處都是奪目的光芒與鮮明的色彩，各式各樣的招牌有如心跳一般的明亮閃爍。我敢說今晚的大停電絲毫沒有影響到上城區，因爲這裡只要一停電馬上就會有人搶著來修。然而不管霓虹燈有多亮，這裡總是隱藏了許許多多的黑暗。在這個凌晨三點的世界裡，只要你出得起錢，黑夜的慾望大門將永遠爲你而開。

你可以在上城區找到最頂級的餐廳，提供所有失傳已久的菜餚，還有不少被正常世界禁止的菜單。甚至還有幾家特約餐廳供應已經絕種或是憑空想像的動物的肉給客人食用。沒有嘗過嘟嘟巨鳥腿、大鵬炒蛋、肯德基炸龍、挪威海怪驚奇壽司套餐、吐火獸商業午餐或是石化蜥蜴眼（吃這道菜的後果請自行負責）的人，一輩子就算是白活了。在上城區，人們可以找到所有值得用生命去換取的食物。

這區的書店裡藏有不少知名作家不願發表的私人作品，還有許多早夭作家死後寫成的巨作，加上心靈色情書刊、虐待謀殺的藝術、禁忌的知識、遺忘的學說，以及死後世界的旅遊書等等，應有盡有。其中一家書店的櫥櫃裡展示了一本據說閱讀時若不戴上成套販售的特製眼鏡，看完就會立刻發瘋的最新版《黃衣國王》〔註〕。

街上的行人忙碌奔走，跟隨著七彩霓虹招牌的誘惑到處遊玩。空氣中飄滿了食物的香氣，夜店裡傳出曼妙的樂音。戲院及夜總會的外面大排長龍，販賣《夜城時報》的報紙販賣機旁也圍滿了人潮。許多人鬼鬼祟祟地走入武器店，或是妓院裡。只要有足夠的錢，你可以跟所有作家筆下虛構的女性角色做愛（當然都是冒牌的，不過這種地方從來也買不到什麼真實的玩意兒）。只要人腦想得出來的娛樂，上城區通通都

註：《黃衣國王》（*The King in Yellow*），十九世紀Robert W. Chambers的短篇恐怖小說集，傳說讀了就會發瘋。

有。如果你不夠堅強的話，很容易會被這些所謂的娛樂生吞活剝。

這裡有大大小小、風格迥異的夜店。音樂、美酒、伴侶，所有東西的品質都能超乎消費者的想像。有些夜店的歷史非常古老，裡面坐滿了喝著咖啡、滿口政治的維新黨跟保皇黨黨員，每天吵完架之後還一起坐下來參加釣惡魔的賭局。也有羅馬時代的人趁著競技場比賽空檔來這邊躺在沙發上悠閒地用餐。其他夜店大都具有現代風格，不過卻又比一般的夜店好玩許多。你很難想像有多少超級巨星都是在夜城上城區駐唱起家的。

隨著飛行轎子越來越深入上城區，街道上的行人也越來越多。到處都有興奮的面孔及熱情的目光，這些成功人士迫不及待地想把錢砸向自以為需要的東西上面。在這些高級消費者之間，還有許多靠著上城區夜店討生活的人們忙碌地穿梭著，為了房租及心靈寧靜而汲汲營營。歌手、演員、魔術師跟丑角、脫衣舞孃及帶位小姐還有特殊服務人員，所有人不是在節食，就是在戒酒或是戒毒。另外尚有許多女人在街上走來走去，又或許是站在街角，滿臉笑容地看著來往人潮，以眼神及言語挑逗人心。只要有錢，這些女人可以提供任何服務。

然而這裡仍然是夜城，不小心的人隨時可能掉入陷阱。只想歡度週末的人可能會在烏煙瘴氣的酒吧裡一待就是好幾年。也有的舞廳會讓人無法停止跳舞，即使舞池裡已經積滿人們腳上淌出的鮮血也必須繼續跳下去。你可以在這裡的黑市販賣自己或是他人體內所有的器官、心智，甚至是靈魂。有些魔法商店販賣各式各樣的強力魔法物品，但是絕不保證賣出去的東西具有廣告宣稱的效果，而且當你要回去找他們理論的時候，店家通常已經消失不見。

上城區的陰暗角落裡也有不少流浪漢，穿著破爛的大衣或是髒兮兮的毛毯，伸出長蛆的手掌跟過往行人乞討零錢。他們是無家可歸的人、落魄的浪子、逃家的青少年、或許純粹是運氣不好的可憐蟲。大部分的路人都會懂得施捨點零錢或是說些安慰的言語，因爲在夜城，因果並不只是個虛幻的觀念。這些流浪漢中有不少都是過氣的大人物。夜城裡，不管多有權力的人都有可能在一夕之間失去所有。所以大家都知道沒事千萬不要去招惹這些流浪漢，因爲他們可能依然保有某些曾經強大的力量；也因爲或許有一天，你也可能會變成他們的一員。在命運之輪的運轉之下，所有人都有起起落落，就算你是上城區的大人物，命運之輪也不會爲你而絲毫轉慢。

飛行轎子終於在「卡里班的洞」外面將我放下。我算了算車資，外加一筆大方的小費，把錢丟入轎中的一個盒子裡。沒有人敢在喧鬧鬼的眼前坐霸王轎，因爲它們會將這種行爲視爲私人恩怨，並且會在你在家的時候將你的房子變回原始建材。飛行轎子離開了，我則好整以暇地觀察著眼前這家夜店。過往行人不耐煩地繞過我前進，不過我才不在乎他們，只是專心地感受著這裡的整體氣氛。這是一家顯然很高級、很昂貴而且規矩很多的夜店。只要你的名字不在某人的名單上，那就不必妄想能夠擠得進去，更別提要弄張好位子。卡里班的洞可不是任何人想進去就進得去的，而這當然也是賣點之一。大門上的霓虹招牌上以哥德體書寫了洛欣格爾的名字以及晚上三場演唱秀的表演時段。門上一個牌子明白表示此刻正是兩場秀之間的休息時間，沒有開張作生意。再高級的夜總會總還是要有休息時間的，而這類空檔就是讓我這種想混進去的人有機可趁的時候了。不過首先，我得確定這整件事不是針對我個人而來的陷阱才行。

一直以來都有一群人想要置我於死地，但是我始終不知道他們的身分及動機，我只知道打從出生開始他們就不斷派人前來取我性命。我明白這一定跟我失蹤的母親有關。我的母親不是人類，而在這個秘密被我父親發現沒多久後，她就失蹤了。後來我父親意志消沉，喝酒度日，最後醉死夢中。我很不願意承認自己有個這麼軟弱的父親。至於我的母親，我幾乎無時無刻不在推敲著她的眞實身分。

我偷偷觀察著周遭人群，沒有發現任何熟悉的面孔。其實如果有人跟蹤我的話，飛行轎子一定會讓我知道的。不過這整個案子也可能只是要引我來這裡的佈局，或許對方早就在店裡埋伏好了。想要確定有沒有陷阱，唯一的方法就是開啓我的心眼。一旦我的天賦開始運作，任何事物都將無所遁形。不過開啓天賦本身是件十分危險的事，因爲每當我心眼一開，我的內心就會綻放出耀眼的光芒，將我的位置暴露給所有正在找我的人。我的敵人無時無刻不在監視著我。然而此時總得要弄清楚是不是陷阱才能繼續辦案，於是我打開了心眼，以更宏觀的視野透視整個世界。

即使在夜城這種地方，空氣之中依然存在著許多神秘的異界以及隱藏的空間。我看見到處都是被時間捕捉到的鬼魂，有如錄影帶循環播放一樣重複著制式的動作。我看到肉眼無法逼視的閃亮牧線在空中交錯縱橫，穿透人體與建築物，彷彿所有實體通通不存在一般。人們的背上附滿了許多黑暗醜陋的髒東西——永無止盡的慾望及不可自拔的癮頭的混合體。有些髒東西發現了我，立刻張牙舞爪地警告我離它們遠一點。我看見隱形的巨人邁開大步對著夜城中最高的建築物走去，還看到許許多多沒人知道來歷及目的的「光人」毫無由來地被過往行人吸引，但卻從來不曾出手干預過物質世界的任何事。

然而對我而言，眞正値得注意的東西只有卡里班的洞外所佈下的層層魔法防禦。所有出入口附近都設有魔法結界、各式詛咒以及各種符石，閃爍著恐怖的能量光芒。這家夜店受到十分強大的魔法保護，即使是最強大的魔法師也很難突破。這表示有人花了很多錢去保護一名逐漸嶄露頭角的歌手。不過我看出這些魔法防禦都不是針對我而來的，所以這裡應該不是爲了對付我而設下的陷阱。我關閉心眼，若有所思地看著離我最近的門。只要我不使用魔法，這裡的防禦系統就不會攻擊我，所以……我得想個辦法騙過它們。

幸運的是，大部分的魔法防禦系統都不很聰明，因爲它們只需要簡單的智慧就夠了。我微微一笑，踏上一步，敲了敲門。沒過多久，木門上浮現了一張非常醜陋的臉孔。那張臉皺起眉頭，造成門上的油漆剝落，發出很難聽的聲音。接著木製的嘴唇張開，露出了一排鋸齒狀的木牙。

「不要妄想。快滾吧。滾遠一點。現在是中場休息時間，歌手不會出來露臉，也不會幫任何人簽名。還有，禁止在門口閒晃。如果你想買票的話，一個小時後售票口就會營業。你可以到時候再回來，或是乾脆不要回來。反正我也不在乎。」

話一說完，大木臉就開始沉入木門之中。我在它的額頭上又敲了敲，它滿臉訝異地對我眨了眨眼。

「你一定要讓我進去，」我說。「我是約翰．泰勒。」

「眞的嗎？恭喜呀。現在滾回路上去跟車玩吧。我們謝絕參觀，絕不開放。爲什麼你還站在這裡？」

要唬過喜歡自抬身價的魔法門房並不是什麼難事。我神情高傲地笑了笑，說道：「我是約翰．泰勒，有事來找洛欣格爾。把門打開，不然就別怪我不客氣了。」

「這個嘛，請原諒我這個小人物，先生。有一天我會擁有決定的權力，但是現在我只能按照命令行事。除非名單上有您的名字，或是您知道通關密語，不然不管您是什麼身分都不得進入。我也很想爲您破例，但這實在是超越了我的權限呀。」

「渥克派我來的。」這話總是値得一試。因爲人們通常比較害怕渥克，而這不是沒有原因的。

門上的大臉深深吸了一口氣。「您有證明嗎？」

「別傻了，當權者什麼時候開過搜索令。」

「沒證明就不能進去，請離開吧。像兔子一樣跳走吧。」

「要是我不肯走呢？」

突然之間，門上冒出兩隻木頭手臂對我伸來。我一看來勢就知道自己絕對躲不過，所以乾脆不躲，直接向前迎去。我一手抓上門上的大臉，大拇指當場按上雙眼，痛得它憤怒地大叫。我慢慢加重拇指下壓的力道，它的雙手當即停止動作。

「別動粗。」我說。「把手放開。」

兩條手臂退回木門，逐漸消失。我慢慢收回拇指，大臉則滿臉不爽地嘟起嘴瞪著我。

「大流氓！我一定會告你的！你看我敢不敢！」

「讓我進去。」我說。「不然場面會很難看。」

「不說通關密語就不能進入。」

「好吧。」我說。「通關密語是什麼?」

「是你要告訴我。」

「我說了呀。」

「才怪,你沒說!」

「才怪,我說了。你都沒在聽嗎,大門?我剛剛對你說什麼?」

「什麼?」大臉問。「你說什麼?」

「通關密語是什麼?」我語氣嚴厲地道。

「劍魚!」

「答對了!現在你可以讓我進去了。」

門當即自動打開。大臉的嘴角抽動,口中念念有詞,在我進入店內之後憤怒地關上。接待大廳看來十分豪華,起碼沒被我面前這隻巨大的巨魔身體擋住的地方看起來都很豪華。這巨魔身高八呎,寬度也是八呎,身穿超大夾克,脖子上打著蝴蝶領結,舉起斗大的拳頭在我面前格格作響。我看了他一眼,立刻知道絕無可能靠著一張嘴通過這一關。於是我二話不說向前走去，以眼神吸引對方的目光，然後狠狠地往他的下體踢了一腳。巨魔嗚咽一聲，雙眼凸起，身體向旁一歪，重重地摔倒在地板上，痛苦不堪，扭成一團。正所謂身型越大，目標就越大。我輕輕鬆鬆地跨過巨魔，穿越大廳，走過旋轉門，進入表演廳。

由於表演廳中大部分的燈光這時都沒打開，所以看來十分陰暗。牆壁由大石塊堆積而成，石造的天花板不高，營造出一種奇特的壓迫感。地板上過蠟，十分乾淨光滑。廳中擺滿了高級的餐桌餐椅，另外一頭架設了一座挑高的舞台。此刻所有椅子通通翻倒過來架在鋪了華麗桌巾的餐桌上。廳中唯一的光源來自一旁的吧檯，提供員工及樂團的人休息使用。這時有十幾個夜班工作人員圍在吧檯附近鬼混，好像被火光吸引的一群飛蛾一樣。

我對著他們走過去，不過完全沒人理我。他們多半是認爲既然我能夠進入表演廳，就表示我有正當理由出現在這裡。我對忙著爲下一場表演做準備的清潔人員禮貌性地點了點頭。牠們是六隻穿著制服的猴子，站在舞台上一邊亂叫一邊拖地。近年來有越來越多的猴子跑來夜城工作，其中有些背上還長有翅膀。

吧檯旁坐了幾個身上披著毛巾，穿著十分暴露的女性表演人員，在我走近的時候也沒人抬頭看我一眼。空氣中瀰漫著濃濃的琴酒味以及厭世的氣息。如果是在舞台上的話，她們會魅力四射，穿著華麗的服裝、網襪、高跟鞋、長羽毛頭飾、造型假髮以及滿臉濃妝……不過舞台上是舞台上，現在是現在。在休息時間的空蕩酒吧之中，這些沒有化妝、頭上綁滿髮捲、嘴角叼著菸的合音歌手和女服務生們，看來和剛從戰場回來的士兵簡直沒什麼兩樣。

酒保是一個不知道哪一族的精靈，我永遠搞不清楚這些精靈的關係。總之，他帶著懷疑的眼神向我看來。

「別緊張。」我說。「我不是移民局的人，只是個想要花錢買點消息的私家偵探罷了。」

附近的女士們一聽，立刻都豎起了耳朵。她們個個神情凜然、雙唇緊閉，除非看到現金，不然絕對不會開口說話。我暗自嘆了口氣，從口袋裡面拿出一疊鈔票丟在吧檯上，伸出手掌蓋在鈔票上面，然後揚了揚眉。一名金髮美女向前一傾，胸口的毛巾向下滑開，當場在我面前展現了一條十分誘人的乳溝。儘管那條乳溝當真非常誘人，不過我可不是那麼容易分心的……

「我要找洛欣格爾。」我盡量將目光自金髮女郎的胸前移開，一面大聲說道。

「她在哪裡？」

一個滿頭髮捲的紅髮女郎叫道：「祝你好運，親愛的。她連跟我都不會多說一句話，而我還是她的主合音呢，那女人驕傲透了。」

「沒錯。」金髮女郎說。「她是巨星小姐，格調太高了，根本不屑跟我們爲伍。去跟伊恩談談吧，就是舞台上的那個男的，他是道具管理員。」

她對著陰暗的舞台上點了點頭，我依稀看出上面有個身材矮小卻很結實的男人正在擺設打擊樂器。我點頭稱謝，放開了蓋著鈔票的手，然後離開吧檯。至於女士們要怎麼分配那堆鈔票就不是我的問題了。當我走到舞台邊的時候，身後已經打得不可開交，偶爾還帶了幾句非常難聽的粗話。我輕輕地敲了敲舞台，讓道具管理員注意到我的存在。他從一堆鼓後面走了出來，向我點了點頭。以一個駝子而言，他算是非常開朗的了。他一跛一跛地對我走來，我則跳上舞台向他迎去。走近了一看，原來他也只是腳有一點跛而已，至於兩條手臂可結實了。他身上穿著一件汗衫，正面印著有名的

「旅鼠會唱藍調嗎？」的字樣。

「你好，老兄。我叫伊恩．阿格，是明星們的道具管理員、伴唱歌手兼吉祥物。我曾祖父曾經聞過維多利亞女王的體香。有什麼我能爲你效勞的嗎，先生？」

「我希望能跟洛欣格爾談談，」我說。「我是……」

「喔，我知道你是誰，好傢伙。你是令人聞風喪膽的約翰他媽的泰勒本人，著名的私家偵探、未來世界的王，至少謠言都是這麼說的，不過我不太相信謠言就是了。我猜你是爲了自殺事件而來的？我就知道。這種事終究還是會流傳出去。我警告過他們了。我說紙是包不住火的，但是有人聽我說話嗎？你說呢？」他愉快地笑了笑，拿出老舊的黃金打火機，點燃了一支小雪茄。「那麼，約翰．泰勒，你是來給我們家小女孩添麻煩的嗎？」

「不是。」我小心說道。雖然伊恩講得很輕鬆，但是我可以從冷酷的眼神中看出他是個直截了當的人，而這裡所謂的直截了當多半跟某些鈍器有關。「我只是對這裡發生的事情感到好奇，說不定我可以幫忙解決。畢竟這是我的專長。」

「是的，我聽過不少關於你的傳聞。」他想了好一會兒，然後聳聳肩道：「聽著，老兄，我跟著洛絲很久了。我爲她管理道具、架設樂器、負責調音還幫忙伴奏。我幫她處理所有她不想處理的麻煩事，我照顧著她，你懂嗎？我一個人做三個人的工作，從來沒有抱怨過，因爲她值得我如此犧牲。我一輩子跟過太多歌手了，我知道她具有成名的一切條件。她一定會成功，會變成超級巨星。我是她最早的經紀人，是第一個看出她的潛力的人。我帶著她在夜城四處奔走，爲她開啓歌唱事業，不過我一直知道有一天她會離我而去。我不在乎，因爲像她這麼美妙的聲音一輩子能碰上一次已經非常幸運了，我只求能夠在她傳奇的一生中扮演一個小小的角色，這樣就夠了。」

「我以爲卡文迪旭夫婦才是洛欣格爾的經紀人。」我說。

他聳肩：「她不可能屈就於我這個經紀人的。卡文迪旭夫婦能夠爲她帶來我無法接觸到的工作機會。他們財力雄厚、勢力龐大。只不過……」

「說下去。」我見他停頓太久，於是出言鼓勵。他皺起眉頭，將雪茄自嘴中取出，拿在眼前觀看，只爲了規避我的目光。

「這裡應該是洛絲成名的關鍵。卡里班的洞，上城區最大的夜店，最能夠增加曝光率的地方。但是現在一切都不對頭了。她來這裡沒多久就變了。如今她只唱悲傷的歌曲，而且悲傷到讓觀眾忍不住回家就自殺，有些人甚至等不到回家就動手，天知道至今已經死了多少人……卡文迪旭夫婦用盡一切手段遮掩此事，因爲他們還想跟唱片公司簽訂合約。只不過消息走漏了，娛樂界的人沒有不喜歡八卦的。」

「這樣來聽歌的人都沒有減少嗎？」我問。

伊恩忍不住笑道：「沒有……這樣才刺激，不是嗎？對某些歌迷來說，這樣反而更具魅力。畢竟這裡是夜城，人們來此是爲了找尋新鮮的刺激，俄羅斯輪盤早就過時了……」

「卡文迪旭夫婦有針對這個狀況展開調查嗎？」

「那兩個傢伙？當然沒有啦。他們根本不會親自到這裡來，只會派些打手過來監視周遭環境，打發前來調查的記者跟調查員。」他微笑道：「他們對付私家偵探也是很不客氣的。你自己小心點。」

我點頭，不過也沒把這警告當一回事。「洛欣格爾在哪裡？」

「她依然是我的責任。」伊恩說。「雖然她最近都不太理我，不過我還是要照顧她。你來是爲了幫助她，還是單純想要調查自殺現象？」

「我是來幫忙的。」我說。「少死幾個無辜的人對大家都好，不是嗎？」

「她在休息室裡，就在舞台後面。」他指了指方向，然後轉過頭去，神情之中似乎透露出些許憂傷。「眞希望我們沒來這裡，她跟我。這裡跟我想像中並不一樣。如果我可以決定的話，我會退還訂金，作廢合約，跟這個鬼地方撇清關係。但是她已經不聽我說話了。她平常時間幾乎都不離開休息室，我只有在舞台上表演的時候才能見到她。」

「她不在這裡的時候會去哪裡？」

「她沒有不在這裡的時候。」伊恩說。「卡文迪旭夫婦在樓上幫她準備了一個房間，很舒適、很豪華，不過也就是一個房間。自從洛絲來這裡駐唱之後，我似乎沒看過她離開半步。她沒有私人生活，唯一關心的就是下一場表演；這對一個女孩子來說可不是什麼健康的現象。不過話說回來，自從她跟了天殺的卡文迪旭夫婦之後，她的生活就跟健康兩個字扯不上任何關係了。」

我轉身打算離去，伊恩又把我叫了回來。

「她是個好孩子，但是……別對她期待太多，好嗎？她變了很多，我已經不認識她了。」

□

我很快就找到洛欣格爾的休息室。不過站在休息室門外的兩位紳士顯然不是一般的保鏢，而是卡文迪旭夫婦花了大錢請來的高級保鏢。他們身上穿的是亞曼尼西裝，左眼眉毛上紋了幾個象形文字，代表他們是怒龍幫的人，也就是說他們不但是魔法師兼功夫高手，更是世界頂尖的殺手。這種人通常都是負責保護帝王或是某些未來救世主的，任何有理性的人看到他們都會轉身離去，逃之夭夭，不過我還是想也不想地迎向前去。如果我會讓任何人嚇到的話，那就根本當不了私家偵探。我面帶微笑，來到他們面前停下腳步。

「嗨，我是約翰·泰勒，希望不會造成兩位的不快。」

「我們知道你是誰。」左邊的那個人說。

「私家偵探、騙徒、自大並且愛吹牛的傢伙。」右邊那個說。

「有人說你是未來世界的王。」

「也有人說你是仗著自己懂一點魔法，專門靠嘴吃飯的傢伙。」

「我們是戰鬥法師，是秘法戰士。」

「你只是個普通人，只懂得說大話跟玩弄小把戲。」

我動也不動地站在原地，臉上始終保持親切的笑容。

左邊的保鏢轉向右邊的說道：「我認爲該去喝杯咖啡休息一下了。」

右邊的保鏢看著我道：「半個小時足夠嗎？」

「四十五分鐘。」我說，不過純粹是爲了擺酷。

兩名戰鬥法師對我微微鞠躬，然後不慌不忙地走了開去。也許我根本不是他們的對手，不過現在他們已經沒有機會知道了。我很懂得虛張聲勢，然而這也是因爲夜城中大部分的人都很識時務的關係。我敲了敲休息室的門，沒人回應，於是我自己打開門走了進去。

洛欣格爾坐在一張椅子上，面對著化妝台上的大鏡子，默默地看著鏡中的自己。我走進休息室中，關上了門，而她卻甚至沒有抬頭看我一眼。她的表情平靜，微帶憂傷，似乎迷失在自己的目光之中。我靠在身後的門上，小心翼翼地觀察著她。她身材嬌小，只有五呎高，修長，美艷，穿著素白T恤跟一條舊舊的牛仔褲。

她一頭長髮烏黑亮麗，襯托出一張略尖的臉型，在慘白的燈光下看來頗爲陰森。臉頰旁的顴骨很高，鼻子稍長，嘴唇是淡淡的粉紅色，整張臉完全沒有上妝，也沒有任何表情，令人猜不透她在想些什麼。兩隻手在膝蓋上輕輕交握，似乎連她自己都忘了它們的存在。我大聲喚她，她才緩緩地轉頭向我望來。本來我還懷疑是不是有人爲了方便控制而對她下藥，不過一接觸到她的目光，我就知道不是這麼回事了。她有一雙漆黑的大眼睛，眼神中充滿了熱情的火燄。她嘴角微微上揚，對我輕輕地笑了一笑。

「我最近都沒有什麼訪客。我很喜歡這樣。你是怎麼通過門口那兩條看門犬的？」

「我是約翰．泰勒。」

「啊，這樣就合理多了。你可能是夜城之中唯一名聲比我還要糟糕的人。」她的英文十分標準，雖然參雜了一點法國腔調，但那只是爲了讓聲音更加迷人罷了。「那麼，爲什麼惡名昭彰的約翰．泰勒會對像我這種在夜店駐唱的小歌手有興趣呢？」

「有人僱用我來照顧妳，確保妳過得很好，沒被人佔便宜。」

「眞好。是誰僱你的？我想應該不是卡文迪旭夫婦吧？」

我笑了笑道：「我的客戶不希望身分曝光。」

「連對我都不能說？」

「很抱歉了。」

「可是他是僱用你來照顧我的耶，泰勒先生。」

「拜託，叫我約翰就好了。」

「隨你囉，叫我洛絲吧。你還沒回答我的問題，約翰。爲什麼你會認爲我需要你的幫助？我在這裡很安全，過得也很快樂。」

「那門外又爲什麼要擺兩個保鏢在那裡？」

她臉上浮現厭惡的神情。「他們幫我過濾一些瘋狂的粉絲。有些人總是太過入迷了。啊，我的觀眾們！我願意跟他們分享每一分每一秒，只不過有時候我也需要一點私人的時間。」

「妳的朋友跟家人呢？」

「不予置評。」洛絲雙手在胸前交叉，不太高興地看著我道。「當我需要的時候，他們在哪裡？這麼多年來他們一點都不想跟我有任何瓜葛，不回我的信，也不支持我。如今我的事業起飛了，錢越滾越多了，我的家人、還有我那些所謂的朋友才突然之間通通都出現了。他們爲了撈點好處無所不用其極，甚至還想藉著我的門路踏上舞台。去死吧！叫他們通通去死吧！我吃過太多虧了，如今我已經學到除了自己，誰也不能相信。」

「連幫妳管道具的伊恩都不相信？」

第一次，我在她臉上看見眞誠的笑容。「伊恩，是啊，他眞是個好人。他對我有信心，即使是連我自己都已經失去信心的時候，他依然深信著我會成功。只要他還願意跟著我，我心中永遠都會爲他留下一個位置。不過說到底，我才是眞正的巨星，他的地位如何將會由我決定。」她聳聳肩，又道：「即使最親密的朋友也未必能跟上彼此的腳步，有些人注定是要走在別人後面的。」

我決定換個話題。「我聽說妳住在這裡，以夜店爲家？」

「沒錯。」她目光自我臉上移開，再度回去盯著鏡子中的自己。她在鏡中尋找著某樣東西，但我卻看不出她在找什麼。或許，連她自己都不知道。「我在這裡感覺很安全。」她慢慢地說。「有人保護著我。有時候我覺得整個世界都想要佔我便宜，而我根本沒有那麼多便宜可佔。當明星並不容易，約翰。音樂、舞蹈、演唱技巧這些都可以在課堂上學習，但是該如何成功，以及隨著成功而來的壓力，這些都不是別的地方可以學得到的。所有人都有所圖謀……我現在只能相信我的經紀人，卡文迪旭夫婦，他們純粹只對我能賺多少錢感興趣……這點，我可以接受。」

「最近有些傳聞。」我小心地說。「關於神祕自殺的傳聞……」

她轉回頭來看我，可憐兮兮地笑了笑。「你應該知道不能相信這種八卦，約翰。那只是用來打知名度的宣傳手段罷了，誇大一些有的沒的，好讓大家來談論我的名字。每個人都說是聽朋友的朋友說的，但是卻沒有人眞的認識任何一個死者。夜城是個八卦大本營，而且大家都喜歡亂傳不好的傳言。我只不過是個喜歡唱歌的歌手而已……如果你眞的擔心這種小事的話，就去跟卡文迪旭夫婦談談吧，我肯定他們會有讓你滿意的答案的。現在，如果你不介意，我希望能獨處一下。下一場表演就要開始了。」

她不再多說，轉回頭去看鏡子，一手撐著下巴，兩眼全然無神，瞬間迷失在自己的世界裡。在我離開休息室的時候，她已經完全當我不存在了。

chapter 4 卡文迪旭地產公司

tingale's Lament Nightingale's Lament Nightingale's Lament Nightingale's Lament Nightingale's Lament Nightingale's Lament Nigh

我走回吧檯附近，腦中不禁響起「獨一無二的娛樂界」這首歌的旋律。跟洛欣格爾會面的情景與我想像中不太相同，不過卻可算是非常……有趣的經驗。我對她的第一印象，該怎麼說呢？大概只能用混亂來形容吧。她給人一種咄咄逼人的感覺，尤其是說話的語氣，然而不可否認她的確有點不對勁的地方，她缺少了某些特質……似乎她體內某種重要的元素被人移除或是壓抑了下來，那感覺就像舞台上燈光全亮，但是厚重的布幕卻沒有拉起一樣。

儘管不像是藥物作用，但是仍然不能排除有人以魔法或其他方式強迫控制她的心智；靈魂之賊、心智之蛇……甚至可能是鬼魂附身。在夜城裡從來不缺少任何形式的潛在嫌疑犯，然而具有這類能力的強者為什麼會對洛欣格爾這種尚未成名的歌手感到興趣？啊，媽的，搞不好她只是瘋了。夜城裡也從來不缺少任何形式的瘋子。說到底，一切都還是要從她的表演查起。晚點，我必須再回來欣賞她的表演，聽聽她的歌聲究竟有何不同，對觀眾造成什麼奇怪的效果——當然，前提是我要先加持一些防禦魔法才行。有不少魔法生物的歌聲具有為他人帶來恐懼與死亡的能力，其中大部分都是雌性生物，比如說海妖女、水女神、女妖精〔註〕、香蕉女皇朝貢樂團……

我走到吧檯後方拿起他們的電話就打，想問問凱西查出了什麼關於卡文迪旭夫婦的資料。精靈酒保完全沒有阻止我。他一看到我走過去就立刻躲到吧檯另一端去擦拭一個十分乾淨的杯子去了。披毛巾的合音歌手如今個個手上都多了一杯琴酒，嘴裡聒噪不休地聊著八卦，講起話來跟從天上掉下來的死鳥一樣迅速。其中一個拿出了一本《脫衣格鬥》雜誌，然後所有人就開始講難聽話批評雜誌中的模特兒。我頭轉向另外一邊，將話筒用力貼在耳朵上。

我現在不在夜城中使用行動電話了，因為行動電話太容易暴露我的行蹤，而且這裡的訊號很怪，常常會轉接到錯誤的號碼，使你聊天的對象有可能是來自過去、現在、未來等不同年代，存在於不同空間的任何人或任何怪物。

有時候即使沒有撥打號碼，你仍然可以在話筒中聽到恐怖的低語聲……我把上一支行動電話埋進了一塊不神聖的土地裡，為了確保其中的惡靈不會再出來為禍人間，還在上面以鹽巴封印。

我的秘書在第二下鈴聲還沒響之前就接起了電話，顯然她是在等我電話。「約翰，你到底去哪裡了？」

「喔，反正就在外面亂晃。」我不願意在電話中洩露自己的行蹤。「怎麼了？有麻煩嗎？」

「沒錯。渥克來過了。雖然他表現得還算冷靜，不過對你顯然非常不爽。他撂下不少狠話，要我說出你的下落；他提到了監獄、放逐，以及某種跟煮沸的油及漏斗有關的酷刑。幸運的是，我眞的不知道你在哪裡，起碼當時不知道。我的薪水還沒多到值得對渥克撒謊的地步。你也知道，據說他能讓屍體復活過來回答問題。」

「我知道，」我說。「我親眼見過。渥克現在在哪裡？」

「跟你一樣在外面亂晃，不過是在找你。他說有東西要給你，而且我敢肯定不會是什麼通緝令。今晚的大停電眞的是你幹的嗎？需不需要幫手？要不要我連絡蘇西・休特或是剃刀艾迪？」

「不，謝謝妳，凱西。渥克我一個人就可以應付了。」

註：海妖女（siren），希臘神話中以歌聲迷惑水手而導致船難的女妖。水女神（undine），水精靈。女妖精（banshee），愛爾蘭傳說中預告死訊的女妖精。

「你在作夢，老闆。」

「查到什麼關於卡文迪旭夫婦的事了嗎？有沒有任何有用的線索？或是什麼好玩的把柄？」

「並不多。」凱西不太情願地承認道。「關於卡文迪旭夫婦的直接資料很少，我甚至連他們的名字都查不到。所有常用的資料庫裡幾乎都沒有提到他們。他們對個人隱私非常注重，至於生意上的資料則通通藏在連我們的未來電腦都無法突破的防火牆之後。順便一提，我們的電腦對此十分震怒，所以寄了一堆匿名信去痛罵比爾·蓋茲。我也打了不少電話去問我的消息來源，不過只要我提起卡文迪旭夫婦，大部分的人都不敢說話，不管我再怎麼保證電話線有多安全也一樣。當然，這裡是夜城，再危險的消息也是有人敢賣的……只不過這種人給的消息可不可靠就是另外一回事了。」

「凱西，先告訴我妳目前查到的東西。」

「這個嘛……就目前的小道消息看來，最近卡文迪旭夫婦開始出清地產、不停貸款，也接了不少短期合約，似乎他們急需用錢，而且是可流動的資金，不是帳面上的投資。如果不是有筆大買賣出了問題，讓他們收不到應得帳款，那就是他們需要錢去投資另外一筆大買賣；也可能兩者都有。不管怎樣，我可以肯定最近卡文迪旭夫婦將之前保守的投資通通轉去買賣高獲利高風險的選擇權去了。不過這有可能只是順應市場走勢的關係。」

「他們什麼時候開始涉足演藝圈？」

「啊！」凱西說。「他們過去兩年都在極力建立大牌經紀人的形象，在這上面投資了很多錢，不過到目前爲止還沒有明顯的回收。傳說他們之前在卡里班的洞力捧的實力派歌手出了點滿嚴重的問題。當時席維雅・辛恩看起來非常有機會成名，去年所有音樂跟生活雜誌的封面上都可以看到她的相片，但是沒過多久她就離奇失蹤了，從那之後再也沒有任何人見過她。席維雅・辛恩消失得非常徹底，這在夜城可是件十分不容易的事情。」

「直接說重點，凱西。」

「好。卡文迪旭地產公司是間商譽良好的大公司，涉足的生意很多，不過主要還是投資在房地產跟股票上面。他們在演藝事業裡投入大筆資金，旗下擁有十幾個樂團，不過只有洛欣格爾具有大紅大紫的潛力。他們現在唯一的希望就是捧紅洛欣格爾，如果再出一次席維雅・辛恩的那種事，他們就完了。」

「有趣……」我說。「謝了，凱西。有機會的話，晚點我會回公司一趟。如果渥克又跑去了……」

「我知道，躲起來不開門，假裝沒人在家。」

「沒錯。」我說。「現在，告訴我卡文迪旭夫婦在哪裡。」

□

接下來最合乎邏輯的行動似乎就是去找卡文迪旭夫婦問一些不太禮貌的問題了。

我離開卡里班的洞，走入黑夜，穿越上城區，向商業區前進。這兩個區域距離並不算遠，不過人潮卻差很多，感覺就像是跨越了一條分隔華麗夢境及冰冷現實之間的界線一般。五光十色的夜店如今被呆板無聊的商業建築所取代；喧鬧遊樂的夜城當場變成了安靜工作的夜城。商業區位於上城區邊緣，乃是夜城裡最正式的一個區域，到處都是穿著西裝的紳士，手裡拿著公事包跟小雨傘——千萬不要因爲這樣而掉以輕心，因爲夜城裡的生意人不一定眞的是人。天堂跟地獄都有人跑來夜城開店做生意，想要狠狠地撈上一票。商場之間的鬥爭可不比戰場上來得輕鬆。

我依照凱西的指示找到了卡文迪旭公司的辦公大樓。那是一間維多利亞時代的古老建築，風格十分老派，沒有地址或門牌之類的標誌。如果你跟他們有生意來往，自然知道要來這裡找他們，否則的話，卡文迪旭夫婦才不在乎你找不找得到他們。要找卡文迪旭夫婦並不容易，他們可不只是在商場上非常成功而已，在生活的各方面更有獨到之處，就像他們的夜店一樣。我站在一段距離之外，仔細打量著這棟建築的前門。卡文迪旭夫婦在自己的小王國周圍設下了多到數不清的魔法防禦，而且其中大部分都是強力到不需要啓用我的天賦就可以察覺出來的魔法。我可以感覺到它們的存在，就像是有一群昆蟲爬滿我的身體一樣。空氣中瀰漫著一股緊張的氣氛，我強烈地感到被人監視，而且還伴隨著一種迫切的危機感。這棟建築物肯定是在某個強大實體的守護之下，某個來自天堂或是地獄的恐怖生物。這種感覺雖然不至於嚇跑來這裡談生意的客戶，不過嚇嚇遊客跟路人卻很足夠。任何接近這裡的人都知道不要在這附近亂來。

這棟建築物的防禦系統全部都是明目張膽地攤在眾人眼前。卡文迪旭夫婦就是要讓所有人知道他們受到非常嚴厲的保護。

我臉上擠滿自信的神情，假裝是來這裡談生意的，走到門口推開了大門。沒事發生。接著我擺出一副不可一世的架勢走入大廳，盡力隱藏那種額頭上被人塗上標靶的感覺。大廳很大、很豪華，而且很舒適。牆上掛滿畫像，花瓶裡插滿鮮花，沙發上坐滿一邊閱讀《夜城時報》，一邊等待叫號的生意人。我對著接待櫃檯走去，站在櫃檯旁的一男一女立刻向我走來，似乎他們早就知道我要來，大概是夜店裡那兩個戰鬥法師有打電話來回報狀況。我朝向我走來的那對男女微笑，正要開口說話，卻發現沒有必要，因為我發現他們兩個都是「夢遊者」。他們身穿黑衣，臉色蒼白，表情空洞，雙眼緊閉，陷入深沉的睡眠之中，是那種將自己睡夢中的軀體租給他人使用的「夢遊者」。這種人通常都是因為還不出債務，受到合約束縛而必須以身抵債。他們不能決定他人要如何使用他們的身體，任何身體上的創傷都必須自行負責。只要在合約期限之內或是軀體損壞殆盡之前，他們的主人——或者說是他們的操偶師——有權力利用他們的身體去做任何事，完成任何幻想。這就是所謂的夢遊者。

對我這種人來說，夢遊者最大的問題就是他們不會受到言語干擾，不會因爲我說的話而退縮。這表示我麻煩大了。於是我只好聳聳肩，對他們微笑點頭，然後說道：「帶我去見你們的主人。」

男的夢遊者對準我的腦袋就是一拳，動作快到我根本來不及反應。我摔倒在地，腹部又被那女的給踢上一腳。我試圖向旁邊滾開，但是他們動作更快，圍上來就是一陣拳打腳踢，瞬間將我的肋骨踢斷了好幾根。在他們的攻擊之下，我根本沒有逃脫的機會，只能全身蜷成一團，想盡辦法護住自己的腦袋。這場襲擊來得毫無徵兆，我完全沒時間採取平時的防禦措施，只能待在原地挨打，默默在心中發誓一定要找回這場子。

我就這樣縮在地上任由他們毆打了很長一段時間。

大廳中其他人都假裝沒看到我被毆打。他們都知道這種事少管爲妙。他們跟卡文迪旭夫婦都有生意上的來往，絕不會冒著生意上的危險來管這種閒事。我當然也不會開口求救。我已經被打得夠慘了，如果再讓人聽到我張口呼救，那豈不是連臉都丟光了！我又挨了一會兒打，最後一隻腳結結實實地落在我的頭上，我當場就暈了過去。

□

再度恢復意識的時候，我已經身處一台上升中的電梯內。

兩名夢遊者分別站在我的兩旁，雙眼緊閉、面無表情。我靜靜地躺著，深怕一動就會吸引他們的注意。如今我全身還有知覺的地方可說是無處不痛，而且痛到想吐，腦中一片混沌，思緒也跟不上平常的速度。我緩緩移動了一下手指，接著又嘗試動了動腳趾，幸虧都還能動。呼吸的時候會痛，這表示肋骨斷了幾根。我將滿嘴的鮮血集中在一邊，然後以舌頭去頂了頂上下排牙齒。有幾顆感覺滿鬆動的，不過至少都還在嘴裡。我只希望自己沒有尿濕褲子，我最討厭被人打到尿褲子。我已經很久沒有被人打得這麼慘了，看來未來幾個禮拜我的尿裡都會有血。我忘了夜城裡的首要規則：不管你是多狠的角色，這裡永遠有人比你更狠。不過話說回來，這次來訪總算不是沒有收穫。我是爲了調查卡文迪旭夫婦是否跟此事有關而來的，既然他們二話不說就把我毒打一頓，就表示他們心裡一定有鬼。

電梯在一下震動之後停了下來，不過這點震動已經讓我全身痛得差點叫出聲來。電梯門打開，夢遊者彎下腰將我抬出電梯。我沒有反抗，一來是因爲我根本沒有力氣反抗，二來也是因爲我相信他們正要把我抬去我想去的地方——去見他們的主人，卡文迪旭夫婦。他們將我抬到一間辦公室裡，然後就像丟垃圾一樣將我丟在櫃檯前面。厚厚的地板吸收了不少撞擊力道，但是依然痛到有如地獄一般，於是我又昏了過去。

再度醒轉之後，夢遊者已經離開了。我小心翼翼地轉了個頭，然後發現某間辦公室的門剛好關上。我鬆了一口氣，慢慢強迫自己爬起身來。每一個動作都會產生新的疼痛，痛得我忍不住將滿嘴鮮血都吐到昂貴的地毯上去。最後我很難看地靠著櫃檯在地上坐起，兩手抱著因肋骨斷裂而疼痛不堪的胸口，心中想著一定要讓人爲此付出代價。

儘管我傷痕累累、不停抖動、噁心想吐、頭昏眼花，但是我一定要在夢遊者回來拖我去見卡文迪旭夫婦之前恢復清醒才行。他們並不想殺我，至少目前還不是時候。他們打我只是爲了要削弱我的心智，爲即將來到的審問暖身。不幸的是，我可不是那麼容易示弱的；只是我不禁要懷疑他們究竟以爲我知道些什麼……我從口袋中取出一條手帕，舉起顫抖的手去擦了擦嘴角跟臉上的血跡。一擦之下，發現有一隻眼睛已經腫到看不見東西了。等我全擦完後，那條手帕已經慘到不堪入目，於是我順手將它丟到昂貴的地毯上，決定留給其他人去處理善後。

我偷偷地瞄了櫃檯後面一眼，看見一名所有頂級辦公室外都有配備的美艷冰山女秘書，就是那種沒有事先預約死都不會讓你踏入辦公室一步的女人。她很努力地忽視我的存在。這時電話響了，她接起來，以一種冷淡的生意口吻回應，彷彿面前的地毯上根本沒有一個全身血淋淋、被打得半死不活的私家偵探躺在那裡一樣。或許這種事情對她來說根本已經司空見慣、毫不新鮮了吧。

我緩緩轉動身軀，藉著背上靠著的櫃檯咬緊牙關向上挺了一挺。在我終於喬到一個可以順暢呼吸的姿勢的時候，才發現原來這間辦公室裡還有其他人。事實上，辦公室裡還有不少其他人。他們有些坐在椅子上，有些盤腿坐在地毯上，也有些靠在牆上。所有人都很年輕、瘦弱，穿著打扮非常時髦，跟年齡並不相襯。他們慵懶地翻閱著音樂及生活雜誌，或者低聲聊天、比較彼此身上的刺青、拿小鏡子補補臉上的妝。他們通通穿著黑色的制服，臉上塗得白白的，外加很黑的黑眼圈，臉上的粉非常厚，而眼睛又黑得有如兩顆洞一樣，簡直就是死神的小丑妝。紫色的嘴唇上刺滿環洞，身上掛滿了鐵鍊跟銀色的十字架。其中一名縮在椅子上的女孩注意到我在看，放下了手中的《咬我呀》雜誌，面無表情地打量著我。

「厲害呀，他們把你打得眞慘。你是怎麼惹火他們的？」

「我什麼都沒做。」我說，試著讓語調聽起來正常。「純粹只是讓人看不順眼罷了。你們在這裡幹什麼？」

「喔，我們在打混呀。我們是專門幫明星跑腿、簽名、打雜的，而好處是可以在這裡閒晃，收集所有最新的八卦，有時候甚至可以見到明星本人。當然囉，我們最想看到的就是洛欣格爾了。」

「那是當然的。」我說。

「喔，她眞是最棒的！歌聲就像黑暗天使一樣，集合了愛與死亡於一身，彷彿她曾經親身體驗過這一切，彷彿世界已經沒有明天……我們都超級崇拜洛欣格爾的！」

「沒錯。」一個臉上畫了骷髏妝的男生陰森森地說道。「我們都愛洛欣格爾。我們願意爲她付出性命。」

「她爲什麼這麼特別？」我問。「讓你們願意爲她而死？」

他們全部用一種看到瘋子一樣的眼神看著我。

「她很酷耶，老兄！」一個看起來像是剛成年的女生終於開口道。我看她一邊說一邊憤怒地甩著滿頭長髮，立刻知道這就是我能在這裡得到的唯一答案了。

「那麼，」另外一個人說。「你是不是，你知道，什麼有名的人物？」

「我是約翰．泰勒。」我說。

他們立刻對我失去興趣，各自回去聊天或繼續閱讀雜誌去了。對他們而言，只要不是演藝圈的人物就根本不是號人物；至於我看起來有多慘，他們更是毫不在乎。他們絕對不會做出任何有可能被人趕出這間辦公室的事情。歌迷。你沒有辦法不愛他們。

辦公室的門打開，兩名夢遊者再度現身。他們筆直朝我走來，我只能盡力不露出畏縮的神情，任由他們粗魯地抓起我的雙手，半拖半抬地移動到裡面的辦公室裡，然後再次把我丟在地上。我喘了好一會兒氣，聽著辦公室的門在身後關起，掙扎著想要站起，但是肩膀上卻突然多了兩隻手將我壓倒在地。我面前出現了兩條滿臉不爽的嚴峻身影，不過我故意正眼也不瞧向他們一眼。這間辦公室的裝潢出乎意料之外的傳統，幾乎完全是維多利亞時期的風格，所有家具看來都十分穩重、舒適，牆上書櫃裡擺滿了數百本幾乎一模一樣的書籍，而且書皮看起來跟其他家具的年代也差不了多少。辦公室裡完全沒有盆栽，空氣中的氣味十分凝重，聞起來像是穿了很久的衣服。

終於，我抬頭看了看房中的主人。卡文迪旭夫婦的身材有如兩名瘦長的稻草人，身上的服裝令人聯想到在殯儀館工作的人員。即使動也不動地站著，他們還是給人一種說不出的不協調感，似乎只要稍不注意就會摔倒在地。兩個人穿的都是黑色西裝，沒有任何個性，不帶絲毫特色，似乎連時間都不會對他們造成影響。他們的臉色十分蒼白，皮膚卻又呈現不自然的完美，沒有任何缺陷及傷疤，緊實的程度彷彿動過太多整形手術，不過我卻不認爲這兩個人的皮膚是手術的成果。卡文迪旭夫婦的臉上沒有任何紋路，很可能是因爲他們一輩子之中從來不曾有過任何表情的緣故。

他們突然向前踏出一步，動作一致，十分詭異。卡文迪旭先生擁有一頭黑色的短髮、微翹的嘴唇以及幾乎沒有任何神情的目光。他看著我的時候彷彿不是看向一名敵人，而是一個有待解決的問題。卡文迪旭太太頭髮較長，骨架適中，不過嘴唇薄到跟沒有一樣，眼神跟她老公完全一模一樣。

他們讓我聯想到蜘蛛，凝視著網中獵物的蜘蛛。

「你跟我們互不相干，」男的突然開口，言語之中不帶有任何語氣。「互不相干。不是嗎，卡文迪旭太太？」

「沒有錯，卡文迪旭先生。」女的說，語氣跟男的差不了多少。「他是來搗亂的，我可以肯定。」

「爲什麼要管我們的閒事，泰勒先生？」男的說。

「你一定要好好解釋解釋。」女的說。

他們說話的方式完全一樣，幾乎不帶任何語氣。他們目光嚴峻地逼視著我，彷彿完全不用眨眼一樣。我試圖擠出善意的微笑，不過一笑之下，嘴角當場滴出血來。

「告訴我，」我說。「人家說你們不但是夫妻還是兄妹，到底是不是眞的？」

儘管我捲成一團護住全身，不過還是被打得渾身劇痛。當夢遊者終於在無形的指令下停止毆打的時候，唯一讓我還沒攤在地上的原因只剩下他們抓在我肩膀上的手。

「我們喜歡僱用夢遊者。」男的說。「他們是最好的僕人，是不是，卡文迪旭太太？」

「的確不錯，卡文迪旭先生。他們不會在背後說我們壞話，也不會有自己的想法。」

「這年頭好的手下不好找了，卡文迪旭太太。我怕是因爲時代改變的關係。」

「你之前就強調過這點了，卡文迪旭先生。我非常贊同你的說法。」這一男一女口中不停對話，不過目光始終不曾離開過我的臉上。

「我們知道你，約翰．泰勒。」男的說。「我們不喜歡你那種傲慢的態度，也不打算默默忍受。我們是卡文迪旭家族的人。我們代表了卡文迪旭地產公司。我們是有頭有臉的人物，絕不會姑息任何外人干涉我們的生意。」

「一點也沒錯，卡文迪旭先生。」女的說。「你對我們來說什麼也不是，泰勒先生。通常我們根本不會去注意像你這種人。你不過是一個血統不明的小人物，而我們可是財高勢大的大集團。」

「洛欣格爾是我們的財產之一。」男的說。「卡文迪旭太太跟我手中握有她的合約。我們具有管理她的事業以及生活的權力，而我們絕對會不惜一切保護屬於我們的權力。」

「洛欣格爾是我們的，」女的說。「只要跟我們簽過合約的人事物都是屬於我們的。我們絕對不會放棄任何屬於我們的東西。」

「除非能夠賺取更高的利潤，卡文迪旭太太。」

「你說得對，卡文迪旭先生，謝謝你提醒我。我們不喜歡有人對我們的管理方式懷有過高的興趣，泰勒先生，因爲那些都是我們的事，與他人無關。許多年來，有不少自認是英雄的傢伙都曾管過我們的閒事，不過我們至今依然活得好好的，而那些英雄多半沒這麼幸運。任何聰明人都該從這個事實之中學到一點教訓。」

「你們打算怎麼阻止我？」我說，語氣不如我想像中那般冷峻，因爲我的下嘴唇實在痛得太厲害。「這些睡美人總不能整天跟著我吧。」

「大體說來，我們反對暴力。」男的說。「因爲暴力太……普遍了。所以這種骯髒事我們是不親自出手的。如果你再來打擾我們，如果你還敢接近洛欣格爾，我們會讓你成爲殘廢。如果你這樣還聽不懂暗示的話，我們將會取走你的性命。爲了警告其他膽敢干涉我們生意的人，我保證你的死相絕對會非常難看。」

「儘管如此，」女的說。「我們依然算是明理的人。對不對，卡文迪旭先生。」

「我們是生意人，卡文迪旭太太。生意永遠放在第一位。」

「所以我們來談談生意吧，泰勒先生。要多少錢才能請你爲我們工作，完全只幫我們做事？」

「成爲我們的手下，泰勒先生。」

「成爲卡文迪旭地產公司的一員，你將可以享受我們的商譽、財力以及保護所帶來的好處。」

「死都不可能。」我說。「你可以僱用我，卻不能收買我。何況我現在已經有客戶了。」

兩名夢遊者向兩旁移動，我猜他們又要打我了，於是微微縮了縮身體。任何有理智的人在這種時候都知道該假裝順從，但是我實在太火大了。他們已經奪走我的自尊，如今我只剩下目中無人的態度了。卡文迪旭夫婦同時嘆了口氣。

「你太讓我們失望了，泰勒先生。」女的說。「我想這次把你交給當權者處理好了。我們已經聯絡渥克先生，抱怨你來此惹事生非。他非常有興趣知道你目前的行蹤，看來他很想跟你敘敘舊。爲了表達對你的憤怒，如今他正親自趕來我們這裡。泰勒先生，你到底做了什麼惹得他如此火大？」

「抱歉，」我說。「我從不自爆醜聞。」

眼看夢遊者打算再度動手，我立刻伸手到外套內袋中摸出一個專爲緊急狀況而準備的小包包。當他們靠近我時，我撕裂手中的小包包，將其中的胡椒粉末灑向他們。在他們來得及反應之前，眼睛跟鼻子裡已經沾滿了強效胡椒粉。他們猛力大聲地打著噴嚏，全身劇烈地顫抖，緊閉的雙眼中飆出無盡的眼淚。由於噴嚏打得太過厲害，他們控制不住向後倒去，幾乎站不直了。胡椒的效力持續，他們虛脫地跪倒在地，不停地猛打噴嚏，狂飆眼淚，沒過多久兩人就一同驚醒。由於身體受到太大的刺激，系統無法負荷如此強力的生理反應，所以他們只好從強迫的睡眠狀態中醒來。他們此刻非常清醒，不過看得出來他們都很不喜歡這種清醒的感覺。他們彼此扶持，透過滿是淚水的雙眼打量著周遭環境。我踉蹌地站起身來，狠狠地瞪向他們兩人。

「我是約翰·泰勒。」我卯足勁裝出最狠的語調說道。「我現在對你們兩個很不爽。」

兩名醒來的夢遊者利用打噴嚏的空檔看了看我，然後彼此交換眼色，最後轉過身去，拔腿就跑。他們甚至爲了搶先出門而打了起來。我張開裂傷的嘴唇，肆無忌憚地笑了起來。有時候，刻意培養出來的壞名聲是非常好用的，就像胡椒跟鹽一樣——我身上總是帶著這兩樣東西以備不時之需；鹽可以淨化邪惡，在對付殭屍以及施放保護咒語時非常有用。胡椒則有許多其他很實際的用途。我的口袋裡還有不少實用的小道具，而在當時，我心中充滿了一股想要把它們全掏出來用在卡文迪旭夫婦身上的衝動。

我很想說自己這麼晚才使用胡椒是爲了等待最佳時機，不過事實上，我純粹只是因爲一直沒力氣使用它們而已。

我以最嚴厲的目光瞪著卡文迪旭夫婦，不過他們也以同樣的目光向我回瞪，絲毫不爲所動。接著男的突然轉身，從辦公桌上拿起一個銀鈴，然後用力搖了起來。

辦公室的一個角落浮現了一個五角星芒，並在刹那之間光芒大作，緊跟著房中就多了一個人。一個我認識的人。此人穿著十分正式，一套午夜藍的燕尾服，搭配亮眼的白襯衫、蝴蝶領結，以及一襲滾有紅邊的大斗篷。他的頭髮烏黑亮麗，造型獨特，就跟梳理整齊的山羊鬍一樣。他的雙眼水藍，嘴角隨時帶有一種輕蔑的微笑。正常人見到他都會被這身造型唬住，不過我很清楚他是什麼樣的角色。

「哈囉，比利。」我說。「這身行頭不賴，你當服務生多久了？」

「你看起來很糟，約翰。」對方邊說邊自五星傳送芒中走出，傳送芒在他離開之後立刻消失。他理了理自己的袖口，不屑地低頭看著我道：「糟透了。我就說你不能老靠一張嘴嘛。還有，不要叫我比利。我是熵伯爵。」

「你才不是。」我說。「你只是個『惡兆之人』。你父親才是名副其實的熵伯爵，是比你偉大無數倍的男人。我記得你，比利．拉森。我們從小一起長大，而你從小時候開始就是個沒用的傢伙。你以前不是想當會計師嗎？」

「會計師賺不了大錢。幫卡文迪旭夫婦這種大人物做事才有賺頭。爲了防止今天這種場面，他們可付了我不少錢呀。還有，既然我父親已經死了，我當然可以繼承他的頭銜。我就是熵伯爵。而且我恐怕現在就必須殺了你，約翰。」

我不屑道：「別想唬我，比利．拉森。比你可怕的傢伙我見多了。」

爲什麼壞事總是發生在好人頭上？因爲世界上就是有像比利．拉森這種人可以從中獲利。基本上，他具有能夠改變並控制所有「可能性」的力量。惡兆之人能夠看穿糾纏在命運之中的種種連結，發現隱藏在混亂之中的行爲模式，然後從中挑選出只有百萬分之一可能性的厄運，最後將此厄運轉化爲既定的事實。他把快樂建築在別人的痛苦之上，能在一瞬間摧毀他人花了一輩子的時間所成就的一切。小時候，他爲了好玩而幹這種事；如今他爲了錢而幹。他就是惡兆之人，別人的不幸就是他的力量泉源。

「你不夠資格成爲熵伯爵。」我憤怒地道。「你父親是整個世界的幕後推手，是眞正的當世強者，是夜城中人所景仰的大人物。他將一生奉獻在導正宇宙巨力之上。」

「但是到最後，他得到了什麼？」比利以跟我同樣憤怒的語調說道。「他得罪了尼可拉斯·賀伯，就像一隻蒼蠅一樣被毒蛇之子輕易殺害。好名聲沒有意義，受人景仰又能怎樣？我要錢！我喜歡一身銅臭！頭銜是我的了！夜城的居民都要學著去敬畏我的頭銜！」

「你父親……」

「已經死了！我一點都不懷念他。反正他總是對我感到失望。」

「哎呀！」我說。「眞看不出來爲什麼。」

「我就是熵伯爵！」

「不是。你只是惡兆之人，比利。你爲所有人帶來厄運，包括你自己。你永遠不可能跟你父親相提並論，你的夢想太渺小了，你充其量不過能得到個『厄運小子』的頭銜，一輩子都是個幫人跑腿的小流氓。」

他氣急敗壞，滿臉通紅，不過還是極力克制自己，盡其所能地裝出最不屑的語調。

「你現在看起來也沒多了不起，約翰。那些夢遊者眞的把你海扁了一頓，只要隨便再加一陣風就可以把你吹入虛空。這種情況下，要在你的心臟裡找出一塊堵塞的血塊應該不難，要在腦中找到一條脹爆的血管應該也很簡單。又或許，我應該從你的四肢開始向內發展？我可以讓很多壞事發生在你身上，約翰，世界上有太多不好的可能性了。」

我對他露出沾滿鮮血的牙齒，微笑道：「不要惹我，比利．拉森。我現在心情很差。你不怕我運用天賦找出你最害怕的東西嗎？說不定我用心去找的話……或許可以找出你爹地的殘骸……」

他臉上所有的血色當場消失，在剎那之間變成一個打扮成成年人模樣的小孩子。可憐的比利——他的力量眞的非常強大，但是玩弄他人心智的把戲我可是比他擅長太多了。再加上我令人聞風喪膽的好名聲……我對卡文迪旭夫婦點了點頭，然後離開了他們的辦公室。接著我以身體狀況所能承受的極限速度逃離這棟大樓。

沒有人膽敢阻攔我。

chapter 5 有問題的是歌手，不是歌

Nightingale's Lament Nightingale's Lament Nightingale's Lament Nightingale's Lament Nightingale's Lament Nightingale's Lament

我一定是老了。要是以前的話，挨這樣的一頓毒打根本算不了什麼。走出卡文迪旭辦公大樓的時候，我的雙腳已經顫抖不已，頭上也冒滿了冷汗，每一口呼吸都像刀割，眼角隨時浮現閃動的黑暗，加上口中積滿了鮮血，整體看來絕對狼狽到了極點。我以意志力支持自己繼續向前走著，盡力遠離他們防禦魔法的攻擊範圍。在確定脫離卡文迪旭夫婦的威脅之後，我還是不能停下腳步，儘管我的雙腳已經不像是自己的了也是一樣。或許臉上的傷痕跟外套上的血跡看起來已經夠慘了，但是我怎麼樣都不能在大庭廣眾之下示弱。只要還在夜城混，我就絕不能示弱，這是個隨時都有禿鷹在空中盤旋的地方，我可不想成爲他們的獵物。所以，不管多慘都要雙眼直視前方，信心滿滿地大步前進。我被路過的窗戶中反射出的倒影嚇了一大跳，原來我看起來跟感覺的一樣糟糕，得趕快離開人來人往的大街才行。

我需要找個地方休息療傷，但是這裡離家太遠了，而我又不能跑去任何常去的地方，因爲這些地方一定已經在渥克的監視之下，連那些他不應該知道的地方也不例外。我也不能打電話跟朋友求救，因爲渥克肯定已經監聽了我所有朋友的電話。他要是沒有如此全面的勢力的話，就根本不配幹這件工作。

所以，當所有朋友都幫不了你的時候，能幫忙的就只剩下敵人了。

我拖著沉重的步伐在街上行走，神情不善地瞪著每個路過的人，以防有人趁火打劫，最後來到一個公共電話亭前面。我走進電話亭，重重地靠在旁邊的牆上。這種終於能夠休息片刻的感覺讓我差點忘了爲什麼要進入電話亭，不過過了一會兒我還是拿起了電話。聽到話筒之中傳來明確的撥號音，我著實鬆了一口氣。夜城裡很少有人會去破壞公共電話亭這類公物的，因爲電話亭有自衛措施，而且曾經有過將不是進去打電話的人給吞食掉的紀錄。

我不知道皮歐目前使用的電話號碼，因爲他常常換電話，不過他總是會在公共電話亭裡留下名片，讓人可以在緊急情況下找到他。我看了一眼熟悉的名片——一張表面純白，不過中間印有血色十字架浮雕的卡片——然後伸出顫抖的手指按下號碼。這時候我只剩下一隻眼睛看得到東西，而兩條手臂也麻到幾乎沒有感覺。聽到話筒撥通的等待鈴聲之後，我再度鬆了口氣。趁著等待的時間，我看了看眼前玻璃牆上所貼的其他名片，有賣符咒的、賣魔法藥水的、賣法術書的、按小時計費的愛神、魔法整容，還有如何藉著折磨山羊以獲取樂趣及暴利等等廣告。

電話那頭有人接起來說道：「最好是要緊事。」

「哈囉，皮歐。」我盡量以正常的語調說道。「我是約翰・泰勒。」

「你打給我是想怎樣？」

「我受傷了，需要幫助。」

「你會想要來找我就表示情況糟透了。爲什麼找我，約翰？」

「因爲你總說自己是神的僕人。你應該會在別人需要幫助的時候伸出援手。」

「我幫的是『人』，不是像你這種怪物！只要你一天不死，夜城裡所有的人都會不得安寧。給我一個幫你的理由，泰勒。」

「這個嘛……如果你不願意基於慈悲的胸襟幫我，皮歐，那聽聽看這個理由：我的身體狀況太虛弱了，無法承受任何形式的攻擊，包括附身。你不怕有什麼地獄來的怪物進入我的體內，控制我的天賦來對付你嗎？」

「這招太低級了，你這渾蛋。」皮歐說。就算他沒眞的說出口，我也可以聽到他心裡的咒罵。「好吧，我會幫你打開一道傳送門。不過純粹是因爲我不想看到你死在其他人的手上。」

他一說完，我就掛上電話。除了家人跟朋友之外，世界上最親密的人莫過於對立許久的老敵人了。

我忍著渾身疼痛，緩緩轉過身來，打開電話亭的門，探頭出去看了看。人行道上如今憑空多了一道門，一道油漆剝落、充滿裂縫的老舊木門孤伶伶地豎立在我眼前，一看就像是皮歐從別人手裡偷來的。皮歐居住在生活環境艱困的地區裡，因爲他認爲這樣的環境比較適合傳道。我擠出全身最後的力氣，走出電話亭，來到木門前面。幸運的是，路過的人都對這扇門敬而遠之，大概是因爲這門很明顯地不符合他們的格調。我用肩膀頂開木門，看了看門後的一片漆黑，然後向前跌去，轉眼之間就出現在皮歐的客廳裡。接著我就聽到身後傳來關門的聲音。

□

我走向面前空蕩蕩的桌子，有如抱住浮木的溺水之人一般靠在桌緣喘氣。喘了好一會兒之後，我才開始打量周遭環境。客廳內的陳設十分簡單，沒有看到皮歐的蹤跡。這裡有一張不曾細磨的木頭桌子，還有兩張手工粗糙的木頭椅子。地板上充滿了摩擦的痕跡，牆上貼著髒兮兮的壁紙。爲了避免外人偷窺，僅有的一扇窗戶上的所有縫隙都被密封起來。客廳內唯一的光源來自窗戶外面的街燈。皮歐曾經誓言過著簡單樸實的生活，顯然他對這項誓言十分看重。有一道牆上釘了很多置物架，架上放滿各式各樣的驅邪商品。這些都是很有用處的小道具，不但可以幫人在危險的地方提高生存機率，而且價格十分公道。

位於客廳另外一邊的門突然打開，皮歐站在門外，一顆大頭正面對著我。皮歐，流浪的教區牧師，基督教恐怖份子，上帝的聖戰士。

「不准亂來，怪物！這裡是天主的聖地！我以上帝之名制約你，不可將任何邪惡帶入此地！」

「輕鬆點，皮歐。」我說。「我只有一個人，而且非常虛弱，現在的我連隻貓都打不過。停戰？」

皮歐不屑地嗤聲道：「停戰，你這來自地獄的怪物。」

「很好。你介意我坐下來嗎？你的地板上已經染滿我的血了。」

「坐，快坐下來！血不要流到桌上，我還要在上面吃飯呢。」

我重重地坐在椅子上，然後發出一下疼痛的歎息聲。皮歐舉起盲人拐杖探路，慢慢向前走來。他披了一件破破爛爛的灰斗篷，底下穿了一套牧師服，脖子套了白色的牧師領圈，眼前蒙著一條很乾淨的灰布。他有一顆很大的腦袋，高貴的眉頭，有如獅子鬃毛的灰髮，堅毅的下巴，還有看起來似乎從來不曾笑過的嘴唇。他的肩膀很寬，但是身材卻很瘦小。他摸到了另一張椅子，舒舒服服地在我對面坐下，將拐杖斜靠在桌腳上，然後重重地吸了口氣。

「我可以聞到你的痛楚，孩子。你傷得多厲害？」

「感覺很糟。」我的聲音連自己聽起來都很疲憊。「我很希望都是皮肉傷，可惜我的肋骨似乎有點不同的意見，而且腦袋好像晃個不停。我被打得很慘，皮歐，看來我眞的不像以前那麼年輕了。」

「沒多少人可以永遠年輕的，孩子。」皮歐站起身來，筆直對著放商品的架子走去。看不見東西並沒有影響他行動的速度。他在架子前走來走去，兩手不停在眾多雜物中摸索，試圖找出某樣物品。我只能希望他不是在找匕首或是解剖刀之類的玩意兒。他一邊找東西一邊嘴裡不停嘟噥著。

「野狼剋星、烏鴉腳、聖水、曼陀羅根、銀匕首、銀子彈、木樁……看來我一定還有一些大蒜頭……占卜杖、醃陰莖、用醃陰莖製成的占卜杖、磨坊獎章……啊！」

皮歐轉得意洋洋地轉回來面對我，手中握著一只裝有藍色液體的小瓶子。接著他停止動作，嘴唇扭曲，另一隻手摸向掛在腰間的一串人骨念珠。「情況怎麼會搞成這樣？你，獨自一個人無助地落在我的手裡……我應該殺了你的，詛咒之子、救世主之敵……」

「我沒有權利選擇父母。」我說。「再說，大家都說我父親是個大好人。」

「喔，他的確是。」皮歐說道。「我沒跟他合作過，不過他的名聲確實不差。」

「你見過我母親嗎？」

「沒有。」皮歐說。「不過我見過你出生時所隱現的凶兆。我並非生下來就是瞎的，孩子。我用雙眼換來無上的知識，而這些知識惠我良多。我知道你將會爲全世界的人帶來死亡，約翰。但是愚蠢的良心卻不容許我狠下心腸將你殺害；至少在你自己送上門來求我幫助的時候，我下不了手。如果這麼做……我會良心不安。」

他緩緩搖了搖大頭，向前跨出幾步，停在桌子旁邊，將裝有藍藥水的瓶子放在我面前，然後又坐回對面的椅子上。我看了看那瓶子，沒有發現任何標示，無法判斷它究竟是醫療藥水，還是毒藥，或者其他什麼意想不到的東西。皮歐的足跡遍及世界各地，收藏的東西可說是滿坑滿谷。

「好日子要結束了。」坐下來之後，他突然開口道。「夜城是個古老的地方，但卻也不是永恆不滅的。」

「這話你已經說了好多年了，皮歐。」

「因爲它是事實！我知道人們所不知道的事情，我能看見肉眼看不見的東西。然而，我所看見的未來越遙遠，一切的景象就越模糊。今天我救了你，或許就代表夜城中其他的人都將會面對萬劫不復的命運。」

「沒有人有如此深遠的影響力。」我說。「就算有也不會是我。瓶子裡是什麼，皮歐？」

他笑了笑：「味道不好的東西，不過應該可以治好你所有的傷勢。一口全部喝光，然後你就舒服了。不過魔法都是要付出代價的，約翰，世事總是如此。喝下這瓶藥水，你就會睡上整整二十四個小時，醒來之後，身上的傷都會痊癒，不過你將會衰老一個月。這道魔法藥到病除，而代價就是你一個月的壽命。你願意放棄一個月的壽命讓身體立刻好起來嗎？」

「我非這麼做不可。」我說。「我正在辦一件案子，有人需要我的幫助，遲了恐怕就來不及了。再說，誰知道呢？說不定我有辦法找回那失去的一個月。在夜城，更詭異的事情都發生過。」我停了停，看向皮歐道：「你大可不必幫我的。謝謝你。」

「有時候有良心並不是什麼好事。」皮歐嚴肅地說道。

我轉開生鏽的瓶蓋，聞了聞瓶中的藍色液體，一股紫羅蘭的香味撲鼻而來，顯然是爲了掩飾藥水本身的臭味。我一口氣將整瓶藥水倒入口中，然後在還沒機會對那股難受的氣味做出任何反應之前就昏了過去。

再度醒轉時，我發現自己躺在桌子上，這時才終於鬆了一大口氣。因爲不管我再怎麼相信皮歐，他還是有可能趁著有機會的時候結束我的性命。他曾經試圖殺我很多次，只是都沒有成功。我慢慢在桌上坐起，感覺全身肌肉僵硬，不過所有疼痛都已經消失。皮歐將我的外套摺成一團放在我頭下當作枕頭。我甩了甩桌緣外的雙腳，然後緩緩地伸展了一番……感覺很好，很舒服，痛楚消失了，頭也不昏了，就連嘴裡的血腥味也通通不見了。我伸手在臉上一摸，竟然摸到一堆鬍子。看來這一覺當眞睡掉了我生命中的一整個月……我站起身來，走到牆上的架子邊亂翻，最後終於翻出一把鏡子。看著鏡中的倒影，我著實吃了一驚。原來我不但滿臉都是髒兮兮的鬍子，而且已經有點花白，另外我的頭髮也都長得到處打結。我看起來……十分原始，有如未開化的野人，對一切充滿敵意。我不喜歡這個樣子，甚至不願意承認自己可以扮出這種造型。這樣簡直跟皮歐平常獵殺的那些怪物沒什麼兩樣。

「虛榮呀，虛榮呀。」皮歐走進房裡說道。「我就知道你一醒來就會找鏡子。把鏡子放回去，那可是很貴的。」

我緊握著鏡子。「我這是什麼樣子！」

「你應該感謝我沒事還記得幫你拍灰塵。」

「你有剃刀嗎，皮歐？我得刮掉這些灰白的鬍子，它們會透露我的眞實年齡。我不喜歡這樣。」

皮歐難看地笑了笑：「我有一把刮鬍刀。要我幫你刮嗎？」

「不需要。」我說。「我不相信任何拿刀放在我喉嚨上的人。」

他笑著將一把珍珠柄刮鬍刀交到我手中。刮完鬍子之後，我終於又變成原來的樣子。其實我並沒有刮得很乾淨，只是因爲刮破太多傷口，所以我不想繼續刮下去。我將刮鬍刀還給皮歐，然後活動活動筋骨，準備再度回到人世大鬧一番。皮歐坐在椅子上好像一座石像，完全忽略我的存在。

「一旦你離開這裡，」他突然說道。「就會再度成爲我的獵物。」

「當然，皮歐。你不希望別人以爲你心軟了。」

「總有一天你會死在我手上的，孩子。你額頭上印有野獸的標誌，我看得出來。」

「欸，」我改變話題。「我還想請你幫最後一個忙……」

「上帝呀，我還幫得不夠多嗎？滾出去，滾出去，再幫下去我的名聲就全毀啦！」

「我需要喬裝改扮。」我堅決道。「我必須回去把事情辦完，但是又不能被人認出來。拜託，你一定有什麼可以暫時改變我……」

皮歐認命地嘆了口氣。「就當是給我自己上了一課。永遠不要幫助不該幫的人，因爲人性就是會食髓知味、得寸進尺，渾蛋。你接下來要去哪裡？」

「一家名叫卡里班的洞的夜店。」

「我知道那個地方，邪惡的淵藪，吧檯價位高得嚇人。看來我最好把你打扮成哥德樂迷，因爲那裡有很多那種骯髒的異教徒鬼混，再多你一個應該也不會被人發現。我能夠以一個簡單的幻象法術改變你的外貌，效果大約持續兩小時，只是瞞不過專家的眼睛就是了……」他又開始在架子上摸索，將東西拿起又放下，最後找出一根澳洲指向骨。他拿骨頭對我指了兩下，用土著語說了幾個短短的音節，然後將骨頭放回架子上。

「就這樣？」我說。

皮歐聳肩道：「如果你喜歡，我也可以比幾個手勢、唸幾首聖詩，不過這些效果通常只做給付錢的客戶看的。這個法術其實跟裝飾櫥窗沒什麼兩樣。魔法這種東西就是這樣，只要研究得夠深入，不管魔力來源爲何，最終都只是跟施術者的能力及意念有關。看看鏡子吧。」

再一次，我在鏡子裡看見一個陌生男子的影像。我的臉完全隱藏在許許多多的刺青底下，從刺青連結的線條上來看，似乎是屬於古代毛利族的風格。再加上一頭亂髮，相信已經沒人可以認出我。

「你還需要換件外套。」皮歐道。「本來的那件實在慘不忍睹。」他拿出一件背上刻有「上帝賜給我力量」標誌的破爛黑皮衣給我。「穿這件吧。」

我穿上那件皮夾克，尺寸太大，並不合身，不過這種小事是不會有人在乎的。跟皮歐道了再見之後，我就看見客廳的門打開，熟悉的黑暗再度自門後湧現。我走進黑暗，瞬間出現在上城區，離卡里班的洞只有幾分鐘的路程。我聽到門在身後緊閉的聲音，心知在我回頭之前，門就會消失得無影無蹤。我忍不住微笑。皮歐大概以爲留下我的外套就等於是佔了優勢，因爲像那種沾了血跡的私人物品足以用作各類魔法定位的依據。皮歐一定會利用那件外套展開各式各樣的攻擊，幸虧我早就在外套上施加了自我毀滅魔法，只要我離開外套一定的距離之外，外套就會自動燒成灰燼。此刻，皮歐多半已經發現這個事實了。

當然，我離開前就已經將外套中所有有用的物品通通放到這件夾克裡面了。

皮歐很厲害，不過我畢竟棋高一著。

□

等我回到卡里班的洞時，門外已經大排長龍。我從來沒有見過這麼多哥德樂迷聚集在一起，他們全都穿著暗色系的衣服，臉上表情陰鬱不定，就像凝聚了一整片烏雲一樣。人們不停閒聊，不耐煩地等待即將開演的演唱會。三不五時就會有人高喊洛欣格爾的名字，然後就會有一堆人跟著喊，直到大家喊累了才慢慢平息。

一群賣黃牛票的在隊伍中來回穿梭，向晚到的歌迷兜售貴得嚇人的黃牛票；買的人還不少。人潮中除了哥德樂迷之外，還有不少名人，而這些名人身旁也少不了一堆保全人員。要認出名人很簡單，只要看到有人不斷轉頭找尋攝影記者的蹤跡就是了；畢竟，如果名人們出現在這種代表最新潮流的地方卻沒人看到，那跟沒來根本沒什麼兩樣。

隊伍一路排到街道的另外一角去，不過我才不管那麼多，裝出一副理所當然的樣子走到隊伍最前面。沒人膽敢對我說什麼，只要你有辦法將臉上的自信無限擴大，並且以兇狠的眼神瞪向任何懷疑你身分的人的話，通常就可以避免掉許多不必要的麻煩。其中有個黃牛很沒禮貌地嘲笑我身上的刺青，於是我故意撞了他一下，順手扒走一張最貴的門票。有時候我喜歡扮演命運幕後推手的角色。

卡里班的洞終於開門了，隊伍中的人潮一湧而入。卡文迪旭夫婦僱用了大批來自地獄的保全人員維護現場秩序，不過就連這些人也沒辦法應付洛欣格爾的歌迷所帶來的強大壓力。歌迷不斷地向前推擠，放聲尖叫，用不了多久，保全人員就知道他們面對的是一群稍有不慎便會變成暴民的歌迷。他們是來看洛欣格爾的，沒有人可以阻止他們。於是地獄來的保全人員當場妥協，變成收了票就放人進場。如果我是卡文迪旭夫婦的話一定會叫他們嚴格搜查任何武器，不過如今的情況來看，顯然任何減慢歌迷入場速度的舉動都有可能引發暴動。歌迷們很接近他們的目標、他們的女英雄了。他們實在太過飢渴了。

夜店之中，所有的桌椅都被搬走，舞台前方清出了一塊非常大的空地。歌迷們毫不猶豫地衝了進去，興奮無比地吼叫著，很快就將整個場地擠得水泄不通。我順著人潮流動，最後終於擠到了舞台前方，感受著旁邊人的手肘頂來頂去，以及身後人的呼吸不斷吹拂在脖子後方。這時整間夜店已經被熱氣跟汗水佔據，擠得我幾乎透不過氣，只能眼睜睜地看著遠方的吧檯和工作人員，卻完全沒有機會過去點杯飲料。事實上根本沒人在乎吧檯，所有歌迷都只關心一件事，就是洛欣格爾，他們心目中的黑暗女歌手。

夜店實在擠了太多人了，簡直跟獸欄裡的野獸沒什麼兩樣。不過這是意料之中的事，畢竟卡文迪旭擺明就是只要有錢可賺，絕對不會去關心公共安全的那種人。

一道閃亮的聚光燈打下，照亮了舞台後方的一隻大黑鳥（應該代表某人認知中的夜鶯）。這隻黑鳥很可怕、很狂野，似乎隱含著某種不祥徵兆。我轉頭看了看，發現到處都可以看到這隻黑鳥圖樣，歌迷的T恤、夾克、刺青，以及銀鍊子上的銀飾，簡直無處不在。名人們都跟普通人一樣擠在人群之中，不過他們身旁都圍了一圈保鏢。這些名人都不是真正強大的幕後推手，不過真的有不少常見的面孔：沙巴斯丁．星墳、裂痕倡導者、解放詩人、妖精的服裝設計師，以及著名的死靈術顧問珊卓．錢絲。另外還有非常引人注目的是正在夜城展開復出巡迴演出的超級團體納斯古樂團；

這些人看起來都跟其他人一樣興奮。

然而，不論空氣中瀰漫了多少興奮及熱情，夜店中整體的氣氛卻十分詭異，彷彿大家不是在等待偶像出場，反而是一群飢餓的野獸在等待餵食。悶熱潮溼的空氣反映出一種在車禍現場看好戲的心態。這些人不只是來聽人唱歌的，還期待能夠見到死神現身。整體氣氛透露出魔法的影響，黑暗、強大的魔法，來自人心深處所有黑暗的角落。

人群逐漸安靜下來，所有吵鬧的雜音突然隱去，期待的心情凝聚到頂點，就連我也忍不住屏息以待。有事情要發生了，所有人都可以感覺出來。極不尋常的大事，我們都迫不及待地想要親眼目睹，我們渴望目睹。至於即將發生的會是好事還是壞事，我們根本毫不在乎。我們唯一關心的就是要歡迎女神的到來。此刻人群之中一片寧靜，所有人的目光都停留在除了樂器跟麥克風之外空無一物的舞台上。我們等待著、等待著，大家的呼吸都變得一致，有如一頭巨大飢餓的猛獸，有如一群讓不知名的力量吸引到懸崖旁邊的旅鼠。

洛欣格爾的樂團出現在舞台上，向觀眾微笑、揮手。台下的觀眾瞬間如癡如狂，對著台上驚聲尖叫、揮舞雙手並且用力跺著腳。樂手們拿起在台上等待已久的樂器立刻演奏了起來。沒有開場介紹，沒有熱身口白，演唱會從他們上台的那一刻起就此展開。伊恩．阿格，個性開朗的駝背道具員，這時在台上扮演鼓手的角色，同時也是鋼琴手跟貝斯手，因爲一共有三個一模一樣的伊恩站在台上；我眞希望他之前就有跟我提過這一點。接著上台的是合音天使四重唱，她們身穿傳統康康舞服裝，滿頭秀髮高高盤起，加上亮麗的紅唇及發光的雙眼，只能以美艷動人來形容。她們一上台就融入表演之中，隨著音樂踏出舞步、甩起衣角，唱出悅耳的歌聲，有如一場擋不住的風暴般對著全場觀眾襲捲而來。接著洛欣格爾上台了。那一瞬間，觀眾的吶喊聲蓋過了滿場的音樂。她穿了一襲引領時尚風潮的黑色晚禮服，手上戴了一雙黑色的晚宴手套，在蒼白的膚色輝映之下形成強烈的對比。她的雙唇塗了黑色的脣膏，眼旁畫了黑色的眼影，將整個人塑造出一種黑白相片的感覺。她沒有穿鞋，腳指上塗的也是黑色的指甲油。

她伸出雙手抓起舞台前方的麥克風架，彷彿那是唯一支撐著她站在眾人面前的東西。整場表演下來，除了拿打火機點菸的時間之外，她的手幾乎沒有放開麥克風過。

她一直站在原地，嘴唇好似愛撫情人一般緊貼著麥克風，曼妙的身材隨著歌曲的旋律緩緩搖擺。從出場開始，她的嘴角就叼著一根菸，一路唱下來，她不斷地點燃新的菸。不論是在歌曲間的空檔甚至是唱歌的當中，她無時不刻都在抽菸。

她唱的歌全部都是自創作品，「神祐的輸家」、「所有美麗的人們」，以及「黑玫瑰」。這些歌的旋律都很好聽，伴奏與歌手的功力都很出色，然而這些都無關緊要，眞正擄獲觀眾內心的其實是她的歌聲，是她那充滿哀怨氣息的美麗歌聲。她唱出了逝去的愛情以及最後的機會，唱出小人物的微小世界，唱出遭遇背叛的破敗夢想。她的歌聲非常具有說服力，彷彿能夠感同身受，彷彿她親身體驗過世間的痛苦、人心的黑暗。人們因爲她的歌聲而更加珍惜希望，因爲希望在她的歌聲中變成一種虛無飄渺的存在。她的聲音充滿了失落與心碎，這種感覺令所有聽眾難以自己。

很多人臉上都掛滿了淚痕，連我也不例外。我爲洛欣格爾的歌聲深深著迷。從來沒有任何東西給過她的歌聲中所傳達出來的感覺。在夜城，時間永遠停留在凌晨三點，所謂人心最黑暗、最脆弱的時刻……只有洛欣格爾能夠將這樣的感覺化作言語，令人們心中充滿感動。

不過話說回來，儘管心中無比感動，我始終沒有完全失去自制；或許是因爲我比正常人更常接觸黑暗的事物，也可能純粹是因爲我是懷有其他目的而來。我強迫自己的目光離開舞台，伸手到夾克內袋裡取出一只魔法吊飾。這件飾品會在附近有魔法作用的時候發出閃耀的光芒，然而在洛欣格爾面前，吊飾沒有發出絲毫光芒。這表示洛欣格爾身上沒有魔法加持，也沒有惡靈附身，甚至連一點點強化歌聲的魔法效果都沒有。

不管她是以什麼方式影響聽眾，這股力量都是直接來自她本身，以及那個奇幻無比的歌聲之中。

觀眾們全都欣喜若狂地看著舞台，享受著洛欣格爾所帶來的視覺與聽覺饗宴，沉浸在情感洪流裡，除了站在原地著魔般地搖擺之外，他們唯一能做的就是在兩首歌中間舉起手來鼓掌而已。三個伊恩·阿格以及四個合音天使全都爲了配合洛欣格爾的演出而汗流浹背，但是觀眾根本看也不看他們一眼，所有人的眼中只有洛欣格爾。她好似抓著救生索一般地握著麥克風架，菸一根接著一根地點，歌一首接著一首地唱，彷彿她的生命裡就只有這兩件事一樣。

接著，當她在一曲結束的空檔裡停下來點菸的時候，一個離我不遠的男人突然向舞台邊緣衝去。這個男人懷著崇拜的眼神凝視著洛欣格爾，臉上充滿淚水，嘴邊卻揚起笑容，手一揮就拔出了一把手槍。我沒有能力擠過去阻止他的動作，只能眼睜睜地看著他把槍舉到自己頭上，扣下扳機，將自己的腦漿濺到洛欣格爾的雙腳之上。

槍聲一響，三個伊恩·阿格立刻警覺性地抬頭察看。合音天使嚇得全部抱成一團，眼睛跟嘴巴張得老大。洛欣格爾兩眼無神地看著底下的屍體。由於台下人多，死者此刻依然被擠得站在原地，沒有倒下，雖然他的頭已經少了半顆。隨著音樂聲以及聽眾歡呼聲的逐漸隱去，聽眾們慢慢恢復意識，彷彿剛剛被某種東西吸入了一場深沉的夢境，而如今卻被人驚醒了一樣。我知道那種感覺，因爲我也感受到吸引大家的那個東西。我體內的某個部分甚至可以認出那是什麼。

接下來，群眾陷入瘋狂，尖叫與怒吼聲不斷，全部開始向前衝出。他們渴望、他們需要衝到舞台上去，衝到洛欣格爾面前。他們對彼此拳打腳踢，好像野獸一般自相殘殺。很多人被打倒在地，其他人則無情地踏著他們的身體繼續前進。死者身邊的人們這時已經將屍體扯成碎片，有如向神明獻祭一般地對舞台上呈現血淋淋的屍塊。群眾中散發出一種恐怖的慶祝氣息，彷彿如今就是他們期待已久的片刻，雖然他們本身並沒有意識到這個事實。

我兩手在舞台邊緣一撐，當場跳上舞台。洛欣格爾這時已經回過神來，轉身奔向後台。群眾發現她離開，立刻憤怒地大吼大叫，甚至開始爬上舞台。合音天使衝到舞台邊緣，用力地踢向想要爬上來的聽眾，三個伊恩·阿格也跑過來幫忙，只可惜他們勢單力薄，根本擋不住憤怒的群眾。來自地獄的保全人員從後面圍上，抓起群眾就往出口的方向甩去，也不管他們想不想離開。我朝洛欣格爾離開的方向追去。其中一名伊恩·阿格想要阻止我，不過連我的衣角也沒摸到。當第一批群眾衝上舞台的時候，我已經進入了後台的範圍。

□

後台完全沒有人想來阻擋我的去路，因為大家都有自己的問題必須面對。只要我裝出自信滿滿的樣子，誰也不會來看我一眼。我看到之前那兩個戰鬥法師往我這個方向走來，於是側身躲到旁邊的房間避了一避。他們匆匆忙忙路過，手中綻放出魔法的光芒，已經準備好要面對外面的狀況。只要星壙跟錢絲不要隨著群眾一同騷動，那兩個戰鬥法師應該就有辦法控制住場面。不過如果他們決定介入這場騷動，那場面就會變得十分難看了。在肯定戰鬥法師已經遠去之後，我自房間中閃身而出，直奔洛欣格爾的休息室。

她就跟上次一樣獨自坐在椅子上，不過這回背對著鏡子。她瞪大了雙眼，但是目光沒有焦點，顯然還無法接受剛剛發生的事實。她手裡拿著一條毛巾，努力擦拭著腳上的鮮血。不過不管心情如何沮喪，此刻的她依然是我所見過最有活力的樣子。我走進休息室，關上房門，直到這時她才抬頭向我看來。

「出去！立刻給我出去！」

「沒事的，洛絲。」我馬上說道。「我並不是歌迷。」我說著集中精神，抖動身體，將皮歐加持在身上的幻象效果完全抹除，畢竟那只是個簡單的小法術。在看到我臉上的刺青消失、認出我本來的面貌之後，洛欣格爾終於鬆了一口氣。

「謝天謝地。真高興看到一張熟悉的面孔。」

說完她的身體突然一震，驚嚇的情緒在那一刻終於湧入心頭，全身也跟著顫抖起來。我脫下皮夾克，輕輕地披在她的肩上。她握住我的雙手，似乎想要從中獲取力量及溫暖。接著她撲入我的懷中，像是個溺水的女孩一樣擁抱著我，緊緊地將淚濕的臉蛋貼上我的胸膛。我盡自己所能地安慰著她。不管外表多麼強悍，人的生命中總會有些需要他人安慰的時刻。過了一會兒，她放開了雙手，我也慢慢向後退開。接著我蹲下身去，撿起毛巾，幫她把腳上的血跡擦拭乾淨，同時也給她一點時間調適自己。等我擦拭完畢，抬頭尋找丟棄毛巾的地方時，她的心情似乎已經平靜下來了。

我站起身來，坐在化妝桌上，將毛巾丟到身後。「以前發生過類似的事情嗎，洛絲？」

「不，從來沒有。我是說，之前是有一些謠言，但是……不，至少沒在我面前發生過。」

「你認得死者嗎？」

「不！我從來沒有見過他！我不跟……不跟歌迷打交道的。卡文迪旭夫婦對這一點非常堅持，他們說這是爲了建立形象，維持神秘感。我以前都不相信那些謠言……

我以爲那些都是爲了做宣傳而編出來的故事。我從來沒有想過……」

「我們不會爲了宣傳而造謠，親愛的洛欣格爾。」一個冷酷而熟悉的聲音在我身後響起。我跳下化妝桌，轉身看了看，發現卡文迪旭夫婦站在休息室的門口，氣焰十分囂張。他們就像兩隻帶來厄運的黑鳥一樣走進房中，完全無視洛欣格爾的存在，只以一種冷酷的神情瞪著我看。

「你的身體狀況看來好極了，泰勒先生。」男的說。「是不是呀，卡文迪旭太太？」

「他的確是的，卡文迪旭先生。簡直是健康男人的典範。」

「或許關於你的傳言也不全部都是唬人的，泰勒先生。」

我微微一笑，什麼也不說。就讓他們去猜吧，這種事對我的聲望很有幫助。

「我們以爲你已經學到教訓了，泰勒先生。」女的說。

「恐怕沒有。」我說。「我有學習障礙。」

「那我們就得更用心地教訓你了。」男的說。「是不是呀，卡文迪旭太太？」

洛欣格爾看著我們，語氣疑惑地問：「你們認識？」

「當然囉。」男的說。「只要是住在夜城裡的人，遲早都會來找我們的。這件事妳別管，親愛的。更重要的是，妳不必擔心演出時所發生的不幸意外。卡文迪旭太太跟我會把一切處理妥當的。這種小事妳應該放心交給我們處理，畢竟我們可是收了妳四成的佣金呀。」

「幾成佣金？」我忍不住怒道。

「我們所提供的專業服務可不便宜，泰勒先生。」女的說。「不過這也不關你的事，對不對呀，親愛的洛欣格爾？」

在卡文迪旭夫婦的目光之下，洛欣格爾就像個犯錯的小孩一樣不敢抬頭。「是的。」她小聲地說道。「沒有錯。」

「外面究竟發生了什麼事？」我問。

「我們正在疏散觀眾。」男的說。「雖然臨時中斷演出很對不起客人，不過我們已經在門票上寫得明明白白，不管在什麼情況之下都絕對不會退費的。」

「我肯定他們都會在下一場表演開始的時候回來的。」女的說。「所有人都渴望再次聽見親愛的洛欣格爾唱歌。」

「出了這種事，你們還要她再度上台？」我說。

「當然。」男的說。「我們不會停止演出的。再說洛欣格爾活著就是爲了要唱歌，對不對呀，親愛的孩子？」

「對。」洛欣格爾依然盯著地板說道。「我爲歌唱而活。」

「有人死了！」我故意大聲地說，期望帶出她一點點反應。「而且不是此時此地才開始死人的。剛剛那只是最近的一次自殺事件，也是最公開的一次。已經有很多人聽完洛欣格爾唱歌就自殺了！」

「那只是謠言，」女的說。「是臆測，是人們茶餘飯後的八卦話題。」

「再說世界上總有一些瘋狂歌迷。」男的說。「都是些引火自焚的可憐人。不要爲這些人擔心，親愛的洛欣格爾。店裡就要清場完畢，大家都在爲下一場演出做準備。我們會找更多保全人員來確保妳的安全。一切交給我們就好了。」

「好。」洛欣格爾的聲音變得很微弱，似乎快要睡著了一樣。看來只要見到卡文迪旭夫婦就會讓她退化到我們第一次見面時的遲鈍狀態，而在這種狀態下再跟她說什麼也沒有意義。於是我聳了聳肩，拿回披在她肩膀上的夾克。她對這個動作一點反應也沒有。等我穿好夾克之後，卡文迪旭夫婦自門邊退開讓我出去。就在我離開房間前一刻，洛欣格爾叫了我一聲。我回過頭去，看見她抬起頭來，神情冷靜中帶有一絲堅定的感覺。

「約翰，查明事情的眞相。我要知道究竟發生了什麼事。幫我這個忙，拜託了。」

「沒問題。」我說。「我的專長就是解救危難中的公主。」

chapter 6 太多新聞了，可惡！

凡是有禮貌的客人都知道要在主人露出不歡迎的意思之前離開，特別是不請自來而且主人還想取你性命的那種客人。於是我十分識趣地穿越亂成一團的後台，找到沒人看守的後門，安安靜靜地離開現場。後門外面的小巷子比想像中要乾淨許多，而且照明良好，不過我還是被幾隻正在聚賭的猴子給嚇了一跳。我小聲道了個歉，然後快速離開巷子。打擾正在贏錢的猴子有時候是很危險的行爲。

我躡手躡腳地走到轉角，探頭看了看通往大街的巷子。巷子裡空蕩蕩的，不過大街那頭不斷傳來陣陣騷動聲響。我小心翼翼地向前走去，三不五時回頭觀望，最後終於來到卡里班的洞正門的大街上。街燈已經被憤怒的歌迷們給砸爛，所以我可以好整以暇地站在暗處欣賞夜店外面越演越甚的暴動。

卡里班的洞外面如今聚集了很多憤怒的歌迷，不滿的情緒還在逐漸高昇之中。表演進行到一半被人趕出來已經讓歌迷們很不爽了，更賭爛的是對方居然還堅持不肯退費。其中有些歌迷，包括那些本身就是名人的歌迷，很少遇上有人膽敢如此蠻橫地對待他們，所以已經開始以暴力的手段表達他們心中的不滿。夜店的窗戶都被砸爛，招牌也被扯到地上，所有易碎物品通通已經變成人行道上的小碎片。人數稀少的保全人員此刻已經退入店中，緊鎖大門。憤怒的群眾將這視爲一種挑釁的行爲，紛紛衝上前來踢門，甚至有人掀起人行道上的大磚頭向門上砸去。

在暴動的群眾外圍聚集了更多的群眾。夜城的居民都很喜歡欣賞免費的餘興節目，特別是牽涉到暴力衝突及蓄意破壞行爲的時候大家更是愛看。在暴動的原因傳開了之後，許多圍觀的群眾也忍不住加入暴動，撿起手邊任何可當成武器的東西攻擊卡里班的洞。在夜城，致命武器可是隨手可得的。

隨著一陣摩托車引擎的怒吼聲，支援卡里班的洞的保全人員終於出現。位於外側邊緣的暴民們回過頭來，發現有將近百名地獄來的保全人員正從重型機車上面跳下。保全人員一下車就大吼大叫，揮起武器衝向暴民。暴民們轉身面對他們，很高興見到這群活生生的目標可供發洩。兩邊人馬情緒同樣高漲，當場大打出手，沒多久，半條街的範圍通通淪爲戰場，天上飛滿屍體，地上灑滿鮮血。圍觀群眾則退到安全的距離之外，遠遠地對著新來的保全人員報以熱烈的噓聲。

既然卡文迪旭夫婦有更麻煩的事情要處理，那就是我該離開此地的時候了。我沿著暴動圈的外圍走開，小心避開任何暴力行爲，然後迅速往商業區前進，因爲我突然想到可以找一個人幫忙。當心裡有疑問的時候，就該去找消息最靈通的人士，就算這些人無法證實任何他們所知道的消息也無所謂。我指的就是記者、八卦專欄作家，以及其他所有受僱於夜城唯一的專屬報社「夜城時報」的專業人士。

□

沒過多久，我就來到了夜城時報總部所在的大樓，「維多利亞之屋」。這棟大樓非常巨大，因爲它必須如此巨大。每隔二十四個小時，一份全新的《夜城時報》就在這些厚重的石板牆下編寫、印刷並且發行，而這一切都在這家報社著名的老闆兼總編——傳說中的維多利亞冒險家本人——朱利安·阿德文特的監督之下所完成的。阿德文特必須將報社所有運作通通集中在一個屋簷下完成，因爲唯有如此才能確保報社的安全以及報導的獨立性。我在報社前門停下腳步，抬頭看了看棲息在屋頂上的一群石像鬼，除了其中一隻正在無精打采地搔癢之外，沒有任何石像鬼對我顯露出絲毫興趣。這是個好現象，因爲當報社不把你當作朋友的時候，這些石像鬼將是最先以行動表明立場的人物。而在需要活動筋骨的時候，牠們也絕對不會手下留情。

許多年下來，夜城時報一直以報導眞相而聞名，能夠登上夜城時報的報導就一定是事實——至少也是無法證明不是事實的八卦消息。這份報紙向來不受到夜城中的眾多強者所喜，事實上這些強者不斷嘗試以魔法、暴力、政治途徑，以及商業手腕來關閉夜城時報，不過通通失敗了。夜城時報已經經營超過兩個世紀，不但還在持續擴編當中，而且始終能夠堅持當初辦報的宗旨。因爲儘管夜城時報樹立了很多敵人，但它同時也擁有爲數不少的盟友。曾經有人爲了擾亂夜城時報的發行而派出一群惡棍恐嚇零售商，後來這群惡棍被純眞電鋸小姊妹給砍成肉醬，造成附近的排水溝足足排了三天才終於恢復暢通。

我小心地走上前門台階，打算只要發現情況不對隨時準備落跑。一直以來，夜城時報辦公室都很歡迎我的拜訪，不過這年頭還是小心才能駛得萬年船。維多利亞之屋擁有眞正強大的魔法防禦系統，防禦的範圍涵蓋的程度讓卡文迪旭大樓的防禦系統看起來跟玩具沒什麼兩樣。這裡的防禦魔法是經歷兩百年的時間一層一層加持上去的，基本上就好像一顆壞心眼的洋蔥一樣。其中有一道音波法術可以阻止大部分的閒人接近防禦範圍，除非是在豁免名單裡或是有正式生意來往的人物，否則根本連靠近夜城時報都辦不到。當然我也不是眞的沒辦法突破這些防禦，只是除非有人拿槍指著我的腦袋強迫我這麼做，不然我絕對不會輕易嘗試。曾經有個白痴試圖夾帶一顆炸彈進入維多利亞之屋，結果被防禦魔法變成了某種怪物。沒人敢肯定他究竟成了什麼怪物，因爲任何人只要看了他一眼就會把吃過的東西通通吐出來，包括上輩子吃的都不例外。據說那傢伙如今在下水道裡工作，而且自從他接下那個工作之後，下水道裡的老鼠數量就開始有明顯減少的趨勢。

我懷著忐忑不安的心情推開前門，確定沒事發生之後才終於鬆了一口氣。不過爲了保險起見，我還是數了數手指頭的數目，這才走入大廳。我面帶微笑地大步向前，彷彿心中沒有任何不可告人的秘密一樣。保持冷靜是非常重要的，尤其面對一群記者時更是如此。這間大廳大得非比尋常，爲的是讓四面八方的武器射界盡可能地涵蓋每個角落。接待人員坐在一間四面都是防彈玻璃的小隔間之中，而隔間外的地板上則由幾道泛著藍光的五角線條所組成的結界所保護。大部分的人都相信就算用核子武器將整棟大樓給炸了，坐在這間接待室中的接待人員也可以毫髮無傷地存活下來。

接待室中的老太太放下手中正在編織的毛線，透過老花眼鏡看了看我，然後親切地笑了笑。很多人都以爲她是個慈祥的長者，不過我卻知道她手中的毛線針乃是人骨所製，而她親切的笑容後面則隱藏了滿嘴尖牙。

「啊，哈囉，泰勒先生。眞高興再次見到你。你看起來氣色不錯呢。我猜你是來找我們老闆的，對不對？」

「沒錯，珍娜。可以麻煩你打個電話問問朱利安方不方便見我嗎？」

「喔，用不著這麼麻煩，你這頑皮的孩子。阿德文特先生已經聽說你最近幹的好事了。他可是很希望能趁著你記憶猶新的時候好好跟你談一談呢。」她搖了搖頭，傷心地嘆了口氣。「你實在太淘氣了，泰勒先生，老是給自己惹麻煩。」

我微笑著點了點頭，也不確定她在講的是哪一件事。朱利安應該不可能已經知道普羅米修斯電力公司是毀在我的手上了吧？珍娜按下一個隱藏的按鈕，大廳後方的電梯門立刻打開。她是唯一可以從大廳這一面打開電梯門的人，而她顯然十分重視這個責任。傳說她從來不曾離開過這間接待室，至少從來沒人看過其他人出現在這間接待室裡面。我不疾不徐地穿越大廳，走進了等待中的電梯。在電梯的門無聲地關起之後，我按下了通往頂樓的按鈕。

編輯部就在頂樓。由於我之前常來，所以應該不會有太多人注意到我。年輕的時候，我偶爾會爲報社跑一些專訪，不過我當年匆忙逃離夜城之後就沒有跟他們來往了。之前，每當朱利安·阿德文特需要找出證人或逃犯的藏身處時，我的天賦就可以派上用場。儘管我已經很久沒有幫朱利安什麼忙，不過他依然欠我幾個人情……倒不是我喜歡把人情放在嘴上講，只不過長久以來我都是以生意往來的角度來看待這段交情，因爲像偉大的維多利亞冒險家這種人物總是具有完美的道德觀以及強烈的正義感，只要我站在這類人物身旁立刻就會渾身不自在。一旦深入了解我的個性之後，他們通常都不會認同我這種人的作爲。

我從來不敢肯定朱利安對我的身世了解多少。我也從來沒打算問他。

電梯門打開，我踏上了通往編輯部的空曠走道。走道上唯一的裝飾就是牆上所掛的夜城時報多年來的著名頭條版面。這些以玻璃框裱起來的頭條多半都是我出生之前的新聞，不過路過的時候我還是順道瀏覽了一下最近發生的一些大事。「天使戰爭和局收場」、「血洗塞爾特慶典」、「新禁慾恐慌」，以及「誰在監控當權者？」。另外還有一則較為庸俗的小道標題「珊卓・錢絲吃了我的單倍體〔註〕！」（這是在朱利安・阿德文特放假的時候發行的）。我在編輯部外停下腳步，好好地看了看掛在門框上面的夜城時報座右銘——

太多新聞了，可惡！

編輯部的大鐵門上刻滿了防禦符咒，能夠阻止任何人進入。不過鐵門一下子就認出我來，於是很有禮貌地開門讓我進去。門一打開，裡面立刻傳來震耳欲聾的喧鬧聲。我稍微做了一點心理準備，然後邁開大步走了進去。編輯部裡滿滿都是人，有的坐在辦公桌後面工作，有的則對著彼此大吼大叫。其中有幾個人在每張桌子之間來回奔跑，幫忙傳遞重要的備忘錄跟最新消息，以及支持大家繼續工作的熱咖啡。編輯部永遠都是如此忙碌、如此吵雜，這裡的人每天分三個八小時的班次，隨時掌握所有發生在夜城裡的重要新聞。這裡的電腦永不關機，椅子也絕對不會冷掉。有幾個人看到我走進房裡，微笑地打了個招呼之後，馬上又埋頭回去工作。這裡可不是讓人打混的地方，報社裡的所有員工都非常重視他們的工作。

這裡跟五年前我離開的時候一模一樣，還是無比的雜亂無章。桌面上擺滿了電腦設備、參考書籍，以及魔法跟高科技採訪器材。數不清的紙張四下飛散，擾人的電話鈴聲永不停歇。牆上的大螢幕裡顯示了夜城中當前存在的所有時間裂縫裡的時間與日期，另外還有一張大地圖即時規劃著夜城本身不斷擴張的疆土。偶爾地圖上會有類似急速消逝的細微變動，反映出眞實夜城裡的地形轉變。天花板上的大風扇緩緩地擾動著空氣中的煙霧。這是個從來不禁菸的工作場合，在夜城裡擔任記者必須承受異乎尋常的工作壓力。

我輕輕地走過中央走道，對著旁邊許多熟悉的面孔打著招呼，不過他們大部分都沒有理我。資淺的記者在我身邊來回奔跑，嘴裡不斷大聲咆哮。通訊部門以一道沉靜法術跟編輯室其他部門隔開，好讓其中的人員能夠不受干擾地透過電話、水晶球或是魔法蠟像跟外界保持聯絡。我看到送件小弟奧圖往我的方向跑來，於是停下了腳步。奧圖是一名友善的喧鬧鬼，這時化身爲一道小型旋風在辦公室裡飛奔。他在我面前跳

註：單倍體（haploid），生命染色體中相對於多倍體的一種說法，用來形容染色體數目的用語。單倍體通常發生在生殖細胞中。

上跳下，將體內旋轉不休的各式文件準確地丟到正確的文件夾裡。

「哈囉，哈囉，泰勒先生！眞高興再次見到你。這件新夾克不錯唷。你是來找我們家老頭的，是不是？」

「猜的沒錯，奧圖。他在嗎？」

「這是個好問題，不是嗎？他是在辦公室裡沒錯，但是有沒有空見你嘛……在這裡等會兒，我幫你去問問。」

他說完就往裝有隔音玻璃的小辦公室衝去，嘴裡還直哼著輕鬆小調。從我所站的位置剛好可以看到朱利安．阿德文特坐在總編輯辦公桌後面幫一篇報導做最後的校定，而在他身前還有一名副編輯神情急迫地走來走去。沒過多久，朱利安校稿完畢，副編輯立刻從桌上抽走報導往印刷部衝去。朱利安抬頭看了看奧圖，接著轉頭朝我看來。

我環顧四周，發現沒什麼人在乎我的存在。不管我之前幫夜城時報做了多少工作，這裡的人還是不把我當作自己人，因爲我無法跟他們分享追逐新聞的神聖使命感；而對跑新聞的人而言，只要不是自己人的人，永遠都可能變成敵人。爲了不讓自己難做，他們絕對不會跟將來可能成爲報導題材的人走得太近。

報社裡的員工並非全部都是人類。編輯部的理念就是所有種族都有相同的工作機會。一個半透明的鬼魂這時正透過一支記憶中的古早電話跟靈界進行溝通。還有兩隻烏鴉在辦公室裡亂飛，一隻名叫「眞相」，另外一隻則叫做「記憶」。牠們是在這裡打工的，負責確認消息來源是否可靠。一名有變裝癖的男性哥布林（註）正在排列明日的星座圖。他把毛茸茸假髮頂在頭頂的尖角之上，塑造出一種十分可笑的形象——或許身爲一名具有奇怪幽默感的躁鬱症患者，對他的工作也算有正面的幫助吧。雖然他寫的專欄有時會讓人沮喪，但是讀起來絕不無聊。他對我點了點頭，於是我晃到他的身邊。他理了理身上的衣服，然後愉快地對我微笑。

「又見面了，約翰！看看是誰又淘氣啦？剛剛渥克那個傢伙跑來找過你了，而且一副很不高興的樣子。」

註：哥布林（Goblin），鄉野傳奇中的類人生物，具有長長的耳朵，身高介於人類跟矮人之間。

「他有高興過嗎？」我淡淡地說道。「我相信只是一場誤會。你知道總編爲什麼想見我嗎？」

「他沒說，不過這種事他從來不說的。你最近在幹嘛？」

「喔，到處搞搞。有沒什麼未來的消息可以說來聽聽呀？」

「你說給我聽吧。我只是混口飯吃而已。」我們一起笑了笑，然後他又回去寫星座專欄。從他寫作的內容看來，明天處女座的人運氣大概不太好。

我回到中央走道，躡手躡腳地向總編辦公室前進。我不知道朱利安知道些什麼，或是他以爲自己知道些什麼，不過我可不打算跟他透露任何不必要的訊息。在這裡，掌握資訊就是掌握權力，整個夜城都是這個樣子。報社裡大部分的員工都假裝沒有注意到我的存在，對於這點我倒是習以爲常。左邊有一台沒人操作的打字機正忙碌地打著報導，因爲它的主人是一名在幾年前遭到謀殺的記者，不過追求新聞眞相的神聖使命並沒有因爲死亡這點小事而有所停擺，於是他成爲夜城時報裡少數眞正的鬼魂記者。正當我快走到總編辦公室的時候，一個八卦專欄作家突然滑出座位，阻擋了我的去路。此人是個變形人，綽號「千眼阿格斯」，擁有化身爲任何人的能力，能輕易地混入守衛森嚴的場合打探消息。所有八卦消息都逃不過他的法眼，而他也絕對會把所有查探到的消息公諸於世。他的好奇心永無止盡，但羞恥心卻趨近於零。他收到過的死亡威脅比報社其他所有員工加起來還要多，基於這個理由，阿格斯從來不以本來的面貌示人。傳說他的性生活複雜到謠言滿天飛，因爲他喜歡化身爲世界上最有名的記者，也就是克里斯多夫．李維在「超人」系列電影裡所扮演的克拉克．肯特。

「告訴我，」他說。「關於蘇西．休特的傳言是眞的嗎？」

「可能是。」我說。「她這回又殺了什麼人了？」

「喔，這回的八卦可比那種東西刺激多了。根據可靠消息指出，蘇西心裡一直藏著某個不可告人的家族秘密……」

「別跟這條線。」我冷冷地道。「不然就算蘇西不殺你，我也會出手。」

他冷笑兩聲，然後突然化身爲我的模樣。「或許我該假裝成你的樣子直接去問她。」

我一把抓住他的喉嚨，將他整個人從座位上提起，拉到我的面前。「別幹這種事。」我說。「現在可不是化身成我的好時機，再說我也不需要你來蹚我的渾水。」

「把他放下，約翰。」朱利安．阿德文特叫道。我回過頭去，發現他站在辦公室的門口看著我。「你也知道要殺死這傢伙得用比火焰噴射器更強大的武器才辦得到。進來吧，我要跟你談談。」

我把阿格斯丟回椅子上。他對我吐了吐舌頭，然後變成渥克的樣子。我一邊提醒自己下次要買具火焰噴射器帶在身上，一邊走進朱利安的辦公室裡。他關上房門，然後招呼我坐到訪客的座位上。我們就座之後，不約而同地打量了對方一會兒。

「好夾克，約翰。」他終於開口道。「跟你很不搭。」

「一個從十九世紀以來就沒改變過造型的人也可以說這種話？」

朱利安．阿德文特笑了笑，我也跟著笑了一笑。或許我們始終沒有成爲朋友，也不認同彼此做事的風格，但是不知道爲什麼，一直以來我們總能相處愉快；或許是因爲我們有著太多共同的敵人吧。

朱利安．阿德文特是著名的維多利亞冒險家，該年代最偉大的英雄人物。此人藝高人膽大，在維多利亞女王時代曾經隻身對抗無數邪惡勢力，從來不曾敗在任何壞蛋手裡。他外型高大壯碩，極具男子氣概，擁有一頭發光的黑髮及明亮的黑眼珠，神情之中透露出一種粗獷的優雅氣息。他帥氣的外表不輸給任何電影明星，只可惜過於嚴厲的眼神跟不苟言笑的嘴型破壞了整體畫面。朱利安的生活裡向來缺乏任何形式的娛樂。這麼多年來他始終穿著維多利亞時期的黑白禮服，身上唯一的色彩只有脖子上的紫色領巾，以及一只維多利亞女王親自贈與的純銀胸針。不得不提的是，儘管朱利安的服裝跟之前的惡兆之人差不了多少，但他看起來就是優雅許多，完全擁有自己的風格。

有很多書籍、電影甚至電視影集都在講述維多利亞冒險家的故事，而其中大部分的劇情都在探討一八八八年他突然拋開一切、神秘失蹤的原因。直到一九六六年，他突然從夜城裡的某個時間裂縫裡出現，這才解開了此一世紀之謎。原來他遭到一生中唯一愛過的女人背叛，被引誘到宿敵——邪惡的「謀殺假面」夫妻檔所設下的陷阱之中。他被這三個壞蛋騙入一個時間裂縫，就此困在未來之中，再也無法回到自己的年代。

然而偉人到哪裡都是偉人，朱利安．阿德文特很快就在未來裡面站穩腳步。他進入夜城時報跑新聞，不久後成爲頂尖的調查記者，因爲他從不畏懼任何強權，而且這些強權也通通不是他的對手。現在的朱利安依然在對抗邪惡、懲罰犯罪，只不過是換了個方式罷了。他的成功有一部分是因爲他擁有一大筆財富。自一八八八年消失之前，他曾經在一家銀行的秘密帳戶裡存了一筆錢，在經歷將近百年的複利滾利之後，他已經不再需要爲錢煩惱。沒多久朱利安升爲編輯，最後變成報社的老闆，而夜城時報也在他的努力之下成爲夜城裡面唯一的良知，令所有壞蛋坐立難安的背後靈。

不管喜不喜歡，夜城所有人都讀《夜城時報》；雖然有些人只是想確定一下自己的名字有沒有上報而已。

朱利安·阿德文特從各方面來看都是自己獨力打造出來的英雄，並非天生就具有英雄的特質與天賦。他原先只是一個小小的化學家，靠著實驗室裡拮据的研究經費過活。後來他發明了一種與眾不同的神奇藥水，能夠解除人類肉體與心靈所隱藏的極限，同時將人轉化爲絕對的正義或邪惡。他本來可以選擇成爲一頭自私自利的野獸，運用神奇的力量滿足一己之私；但是他實在是太正直、太良善了，於是他喝下藥水，將自己轉化爲一名英雄。他變得又高又壯、行動迅速、思考敏捷、勇猛頑強，加上無可挑剔的騎士精神，終於成就了一個那個時代最偉大的頂尖冒險家。

他實在太完美了，連外表都變得無比迷人。許多年來，他一直嘗試重製藥水配方，但是卻再也無法成功地調配出來。他始終無法找出某樣不知名的原料，某種不純潔的因素……於是，直到今天為止，朱利安．阿德文特仍是獨一無二的原創英雄。

至於他的宿敵謀殺假面——維多利亞時代的夜城裡最惡名昭彰的犯罪組織首腦，永遠帶著紅皮面具的夫妻檔——則早就埋沒在歷史的洪流之中，再也查不到任何蛛絲馬跡，成為只有在維多利亞冒險家的傳奇故事裡才會被人提起的一個名詞。有人說他們沒能跟上時代的潮流，所以被其他壞蛋取而代之；也有人說他們老了、累了、打不動了，於是被後生小輩拉下台去。朱利安曾經運用夜城時報所有的資源去追查他們之後的下落，但是謀殺假面似乎跟他一樣，就這麼消失在歷史與傳說的迷霧之中。

而背叛朱利安的那個女人根本沒有進入傳奇故事之中的資格，最後連名字都遭人遺忘。朱利安曾經說過，希望被人遺忘就是那個女人最大的懲罰。除此之外，他再也沒有跟任何人提起過那個女人。

如今他坐在總編輯的辦公桌後面，透過深邃的雙眼及帶著嘲弄的微笑看著我。朱利安的世界依然只有黑白兩種顏色，不管在夜城經歷過多少大風大浪，他始終沒有在自我的道德觀裡加入任何灰色地帶。也就是為了這個原因，他很難界定我這個人究竟是屬於善良還是邪惡的一派。

「我正在追查夜城大停電的原因。」他突然說道。「我想你一定毫無頭緒囉？」

「當然。」

「那麼渥克之所以怒氣沖沖地跑來這裡找你，也純粹只是巧合而已？」

「我想是吧，朱利安。我現在所有精神都放在一件新案子上面，我在調查卡文迪旭夫婦。」

朱利安皺了皺眉頭。「喔，沒錯，低調的卡文迪旭夫婦。他們不是什麼好東西，但卻總是有辦法遊走在法律邊緣。儘管他們在夜城具有極大的影響力，但我卻始終掌握不到任何實質的犯罪證據。或許該是我再度開始追查他們時候了，也正好可以看看他們最近幹了些什麼壞事。反正他們也好久沒有告我了。不過不要轉移話題，約翰，渥克到底找你幹嘛？」

「別問我。」我一派誠懇地說。「你也知道，渥克總是為了不同的理由在找我。你會告訴他我來過嗎？」

朱利安笑了笑。「應該不會，親愛的孩子。我並不喜歡你，但是我更討厭他。他擁有太大的權力，但是卻沒有足夠的判斷力去妥善運用這些權力，再說，我完全相信他沒有任何道德觀念。總有一天我會揭露他的瘡疤，然後好好地作一個專題報導。我有問他有沒有大停電的內幕消息，不過他什麼都沒透露。他知道的比表面上要多……不過，他哪次不是這個樣子。」

「大停電的後遺症有多糟？」我小心翼翼地問道。

「很糟。幾乎半個夜城的電力都受到影響，有些地方停電停了很久，估計財物損失已經達到百萬英鎊，受傷的人數超過數千。目前為止沒有死亡報告傳出，但是各地還是不斷有最新狀況進來。不管這件事是誰幹的，都已經造成了非常嚴重的損失。當然，我們沒有受到影響。維多利亞之屋設有專用發電機，因為我們一直以來都努力確保報社能夠獨立運作。約翰，在爆炸發生不久前，有人看到你出現在普羅米修斯電力公司。」

我若無其事地聳聳肩。「他們公司最近遭到不知名的人物破壞，所以就找我去做安全評估。只不過等我到的時候一切已經太晚了。我能夠即時逃出已經算是非常幸運了。」

「是誰幹的？」

我再度聳肩。「這大概是個永遠解不開的謎了。」

朱利安疲憊地嘆口氣道：「我看得出來你沒說實話，約翰。」

「我知道。」我說。「不過我對外的說法就是這樣，不管誰問都是同一套說辭。」

他瞪著我道：「我可以對你施加各種壓力，約翰。」

我斜嘴一笑：「你可以試試看。」

我們一同笑了出來。這時門突然打開，化身旋風的奧圖砰地一聲闖了進來，將一張八×十的照片丟到朱利安桌上。「不好意思打擾您，先生，照片部門的編輯想知道下一份報紙可不可以用這張渥克的照片。」

朱利安看了照片一眼，說道：「不行。這張看起來不夠奸詐。叫編輯去照片檔案櫃裡挖，一定要找一張夠奸的來放，這應該不難吧。」

「沒問題，老大。」

奧圖拿起照片，頭也不回地衝出辦公室。

我不希望朱利安老想著普羅米修斯電力公司的事，於是就把洛欣格爾的歌迷在卡里班的洞裡自殺的事情提出來討論。朱利安一聽，當場眼睛一亮。

「你在現場？有看到暴動的狀況嗎？」

「看得可清楚了，朱利安。我從頭到尾都在現場。」接下來他當然就立刻找了個記者進來，要趁我記憶猶新的時候趕快把所有細節都問個仔細。我毫不隱瞞地將所知全盤托出，一來是要轉移朱利安的注意力，二來因爲有事要找他幫忙。朱利安是那種只要欠了人情就會渾身不自在的人，而我則恰好相反。他利用桌上的對講機叫了一個名叫安娜貝拉．彼得斯的年輕女記者進來。我一看到安娜貝拉就覺得不太自在，因爲我認識她，而她更認識我。自我離開五年之後再度回到夜城以來，她已經發表了好幾篇關於我的報導，除了深入探討我回來的原因之外，還臆測了許多可能對夜城帶來的影響，其中有幾項猜測出乎意料的準確。她手裡拿著一台迷你錄音機衝進辦公室裡，身上穿著彩色毛衣，全身上下充滿活力，只不過臉很臭，笑容很僵硬，眼神也很無情。我對她伸出手，她很簡短地握了一握。

「約翰．泰勒！很高興見到你，眞是太高興了。我最喜歡能跟你坐下來好好聊一聊了。」

「眞的嗎？」我說。「妳在上一篇報導裡還把我形容成夜城的不定時炸彈呢。」

「這個嘛，你本來就是呀。」她理所當然地說。「你去普羅米修斯電力公司做什麼，約翰？」

「我不是找妳來談那個的。」我堅持道。「我要談發生在卡里班的洞外面的暴動。」

「喔？洛欣格爾自殺事件！很好！太棒、太棒的題材了！死者的腦漿眞的濺得她滿腳都是嗎？」

「壞消息傳得眞快。」我說。安娜貝拉在我的對面坐下，然後按下錄音機的按鈕。我把事情的始末通通講過一遍，不過對我本身在這個事件裡所扮演的角色盡可能輕描淡寫地帶過。我告訴她自己是爲了調查卡文迪旭夫婦所以才出現在那裡，完全沒有提到關於洛欣格爾的部分，因爲我從來不跟記者討論案情。再說，只要把卡文迪旭夫婦拉進來當壞蛋，等下就比較好說服朱利安幫忙。雖然我們兩個曾經數度爲了共同的目標而合作，不過每次合作的經驗總是不太愉快。我的故事以自己跟所有歌迷一起被趕出卡里班的洞，然後站在安全的距離外面當觀眾作爲結尾。朱利安點點頭，似乎對我的故事十分滿意。安娜貝拉關掉迷你錄音機，開心地對我微笑。

「非常感謝你，約翰。等我刪減掉一些不重要的細節，就可以寫出一篇很棒的報導。只可惜你沒有親自參與這場暴動。」

「抱歉。」我說。「下次我會努力的。」

「最後一個問題……」她偷偷又把錄音機打開，不過我假裝沒注意到。「最近有謠言指出夜城最早是爲了某個特定目的而生，而整個夜城的起源與你失蹤的母親息息相關。對於這項傳聞，你有沒有什麼要補充的？」

「抱歉，」我說。「我向來不信任何傳聞。如果妳查出了眞相，記得告訴我一聲。」

安娜貝拉嘆了口氣，關掉錄音機。朱利安打開辦公室的門，她立刻迫不及待地跑回自己的桌上去寫報導去了。朱利安關上門後，走回我的面前。

「你平常面對媒體的時候不會這麼合作，約翰。沒猜錯的話，你有事要我幫忙？」

「我想請你幫的忙絕對不會違背你的良心，朱利安。如果我說打算扳倒卡文迪旭夫婦，你應該不反對吧？」

「不會，他們是人渣，是寄生蟲。他們的存在會腐化夜城，就跟我那個年代的謀殺假面一樣，只不過他們還欠缺一點格調。然而卡文迪旭財高勢大，人脈又廣，你怎麼會以為有辦法動得了他們？」

「我在追一條線索。」我小心說道。「跟他們現在在捧的當紅歌手洛欣格爾有關。你對這個女人了解多少？」

朱利安想了一想，然後用對講機把八卦專欄作者阿格斯給叫了進來。阿格斯化身成身穿修女服裝的凱莉．米洛，像陣風似地衝了進來。她在我身旁坐下，調整一下姿勢讓大腿完全裸露。朱利安瞪了她一眼，嚇得她立刻端端正正地坐好。

「對不起，老闆。」

「洛欣格爾。」朱利安道。阿格斯一聽這個名字就懂了。

「這個嘛，我聽說過一些歌迷自殺事件，當然這事大家都聽過。有人說歌迷之所以會自殺都是跟洛欣格爾的歌聲有關，不過到目前為止還沒有人可以提出實質的證據。本來大家都認爲整件事只不過是宣傳伎倆，反正死者之中還沒出現任何重要人士，當權者也就不會介入調查；這些所謂的當權者若非迫於形勢根本就不會管事。然而……傳說卡文迪旭夫婦這次是賭上了所有資金押在洛欣格爾身上。他們必須捧紅洛欣格爾，還得要捧到大紅大紫才行，因爲他們眞正的財力狀況遠比大家想像的要拮据。他們大部分的資金都投資在夜城的房地產裡，天使戰爭過後，房地產全面崩盤，這些錢也就血本無歸——保險公司當然不會理賠上帝與魔鬼之間的戰爭所造成的損失。這些條款都有印在保險合約上，只是字比較小而已。卡文迪旭夫婦簽約的時候應該看得更仔細點才對。」

「總之，他們重金打造洛欣格爾成爲穩賺不賠的搖錢樹，在正式進軍唱片業之前絕不允許出任何差錯，尤其是在之前的席維雅．辛恩出事之後。你不知道她，約翰。她是在你離開夜城的那段時間裡走紅的。當時她是最閃亮的明日之星，不但嗓音宛如天籟，還兼具天使般的面孔以及魔鬼般的身材，擁有無可比擬的群眾魅力。但是她消失了，就在成名的前一刻有如空氣一般神秘蒸發。沒有人知道她如今身在何處。當然有很多關於她的謠言，不過已經有超過一年的時間沒有任何人見過她了。」

「她本來可以擁有一切的。」朱利安說。「名利雙收，成就非凡。然而爲了某個不知名的理由，她選擇放棄一切，銷聲匿跡。這在夜城來說可不是件容易的事。」

就在此時，外面的大辦公室傳來一陣騷動。所有超自然威脅警報同時響起，不過卻已然太遲了。

朱利安跟我立刻從椅子上跳起，衝到玻璃窗旁向外看去。只見一條黑暗的身影正在大辦公室裡大鬧，掀翻辦公桌椅、砸爛電腦設備。記者跟其他員工紛紛尋找掩護，「眞相」跟「記憶」則大叫特叫地在辦公室中盤旋亂飛。阿格斯透過我的肩膀看著外面的景象，驚訝得說不出話來。黑暗的身影突然停止動作，似乎在找尋著某個特定的目標，而我也直到此時才認出對方竟然是洛欣格爾。她穿了一身黑衣，看來十分弱小，但同時又極度危險，臉上的表情完全不帶任何人類的情感。她發現朱利安跟我在看，於是舉起一張沉重的木桌對我們丟來。木桌飛越整間大辦公室，砸爛總編室的玻璃窗，在對面的牆上狠狠一撞，這才終於落在地下。

朱利安跟我立刻又回到碎裂的玻璃窗前察看形勢，阿格斯則躲到總編的辦公桌下面去。

「媽的，她是怎麼突破防禦跑進來的？」阿格斯大叫。

「不要說髒話，拜託。」朱利安頭也不回地說道。「答案很明顯，你被人跟蹤了，約翰。她是你帶來的。」

「喔，拜託，朱利安。有人跟蹤我一定會發現的。」

「她不是眞的洛欣格爾。」朱利安冷冷地道。「人類不可能有這種力量。多半是卡文迪旭夫婦召喚的惡靈，他們偷偷在你身上放了某樣東西吸引這隻怪物來找你。」

「沒有人在我身上偷放任何東西！」我怒道。「沒有人那麼厲害！」

話是這麼說，我還是搜了搜身上的口袋，特別是皮歐給我的那件夾克上的口袋，結果什麼都沒有發現。這時假的洛欣格爾正朝一群記者瘋狂地衝去。朱利安無法繼續坐視，於是衝入大辦公室，往洛欣格爾直奔而去。雖然他這幾年都在擔任報社編輯的工作，不過依然保有所有超級英雄的能力。我遲疑了一下，然後跟著他身後跑去。儘管我還是不認爲那怪物是我引來的，不過朱利安就是有辦法讓我覺得那是我的責任；他最擅長這種事了。阿格斯繼續躲在辦公桌下。

洛欣格爾在大辦公室裡到處亂闖，纖細的手臂隨便一揮就有一台電腦螢幕被砸得稀爛。眾員工背對著她到處亂跑，儘可能遠離她的魔掌。她力大無窮、威猛無匹，彷彿行走在一個紙紮的世界，臉上的微笑絲毫沒有動搖，兩眼也完全不需眨眼。有一名記者跑得稍微慢了點，被她一把抓在肩上，當場掄到牆上，發出一陣清脆的骨折聲響。就在朱利安即將撲到她身上的時候，她突然放開手中的屍體轉過身來，對著朱利安就是一拳。朱利安低頭避過，接著一拳擊中對方下巴，不過似乎對洛欣格爾沒有造成任何傷害。

我繼續對他們前進，而喧鬧鬼奧圖這時跑到我身邊。「你一定要阻止她，泰勒先生，不能讓她毀掉整間報社！」

「有什麼好建議嗎？」我眼看著朱利安閃過另外一計猛拳，擔心地說道。「我怕傷害這怪物會同時傷害到洛欣格爾的眞身。」

「喔，你甭擔心這個。」奧圖說。「她不是眞實存在的。嗯……既然她正在破壞我們的辦公室，我想她的確是存在的。不過我可以肯定那怪物不是人。她是所謂的『圖爾帕』，也就是一種以他人形象凝聚而成的意念實體。你身上一定有某樣屬於洛欣格爾的東西，一樣小到讓你忽略掉的東西。」

我努力回想，肯定洛欣格爾沒有親手交給我任何東西，這也表示一定有人偷偷在我身上放了什麼。我再度檢查所有口袋，還是沒有發現任何不尋常的事物。朱利安出拳如風，一連串猛攻下來打得假洛欣格爾站立不穩，不過還是沒有傷到她分毫。哥布林變裝男從後面突襲洛欣格爾，將她的雙手扣在兩旁。朱利安一看機不可失，立刻抓起一張辦公桌對準對方頭上砸下。洛欣格爾眼睛也不眨一下，手肘向後一頂，甩開哥布林的束縛，接著又對朱利安撲了過去。眼看她在如此激烈的打鬥之下居然連呼吸也沒變急促，我只好心不甘情不願地加入戰團。

我走到洛欣格爾身後，拿起一個紙鎮對準她的後腦勺砸下。她立刻轉身面對我，不過朱利安又在這時一腳踢向她的左膝。洛欣格爾重心一失，身形一晃，朱利安跟我同時趁機出拳。可惜不管我們擊在她身上的力道有多重，她始終沒有受到絲毫損傷。我們向後退開，她則緩緩轉過身來，目光保持在我們身上。我四下尋找任何合用的武器，很快就發現了一樣看來十分完美的尖銳物體。我對著那個物體衝去，不過安娜貝拉卻憤怒地在我身後大叫。

「不准動它！你這個渾蛋！那是我的年度最佳記者獎座！」

「太完美了。」我說著拿起那具醜陋的玩意兒猛力向前擲去。洛欣格爾一把抄下獎座，順勢又丟了回來。我向下一蹲，險險避過。朱利安回頭對著總編輯室大叫。

「阿格斯，你這懦夫快滾出來！我想到一個辦法！」

「管你有什麼辦法，我才不出來呢！付我這點薪水就想要我去對抗惡魔？」

「給我出來，不然我就刪減你的經費！」

「流氓。」阿格斯小聲道著，頗不情願地自總編輯室走出，臉上的表情極盡和藹可親之能事，在朱利安的注視下慢慢接近我們。

「變成洛欣格爾！立刻就變！」

阿格斯立刻變成跟洛欣格爾一模一樣。那隻圖爾帕看著新出現的假洛欣格爾，神情十分困惑。朱利安比了比倒在地上的一張桌子，我馬上了解他心裡所打的主意，於是跟他一同抬起那張桌子。我們趁著圖爾帕還在晃神的時候從後面撞了上去，接著兩個人一同跳到桌上，將她緊緊地壓在桌下。她發狂般地掙扎著，使盡吃奶的力氣想要掙脫束縛。我利用這一點空檔的時間開啓天賦，終於找出了她跟洛欣格爾之間的連結。原來有一根洛欣格爾的頭髮黏在我的夾克肩膀上，由於頭髮跟夾克都是黑色的，所以之前一直沒有發現，八成是我將洛欣格爾抱在懷裡安慰的時候黏上來的。正所謂好心沒好報，這句話在夜城尤其令人體驗深刻。我把那根頭髮拿給朱利安看，他立刻拿出一只雕工精美的黃金打火機點起火來。頭髮瞬間燒光，壓在我們身體底下的桌子也立即停止晃動，桌下的怪物消失得無影無蹤。

我跟朱利安互相扶持地從桌上爬起，兩個人都幾乎喘不過氣來。辦公室亂得有如颶風過境一般，記者跟其他工作人員緩緩地從殘骸中爬了出來。有人找到一支沒壞的電話，立刻打給醫院叫救護車。朱利安看著我，眼中的神色十分冷酷。

「一定是卡文迪旭夫婦幹的，簡直欺人太甚。膽敢攻擊夜城時報就必須付出代價。我想首先要寄一份賠償帳單給那兩個自大的豬玀，然後派出所有最好的記者去調查他們的意圖究竟爲何。另外，約翰，我建議你去找『死亡男孩』，如果有任何人知道席維雅．辛恩的下落，那一定就是他了。」

我點了點頭。這就是我想請他幫的忙。

朱利安．阿德文特轉身看了看亂七八糟的辦公室。「攻擊夜城時報的人絕對要付出代價。」

chapter 7 半死不活

tingale's Lament Nightingale's Lament Nightingale's Lament Nightingale's Lament Nightingale's Lament Nightingale's Lament Night

我搭了朱利安·阿德文特的銀色勞斯萊斯離開夜城時報，因爲他要確保我安全到達目的地，不要死在夜城時報或是他本人的附近。我接受了他的好意，把洛欣格爾圖爾帕留下的昂貴爛攤子留給他們自己收拾。我的轎車司機是個全身穿著白色皮衣的金髮女子。她跟我問了目的地，然後就拒絕再說任何一個字。如果不是我天生具有讓女人不願意理會的特質，那就是朱利安警告過她不要跟我說話。我愉快地從車內的小吧檯裡倒了一杯上好的白蘭地，然後懶洋洋地躺在紅皮沙發上。偶爾享受一下頭等艙的豪華旅程，無論對身體或是心理都有極大的幫助。車子安安靜靜地在繁忙的夜城街道上穿梭。儘管夜城裡唯一的交通規則就是適者生存，不過大部分的車輛都知道要離勞斯萊斯遠一點，因爲如此昂貴的交通工具一定配有業界頂尖的防禦及武器系統。

但是世界上總是有不識相的傢伙，不是嗎？我漫無目的地看著窗外，心中回憶著上一次跟死亡男孩打交道的情形。就在這個時候，我突然發現一輛陌生的黑色轎車跟在我們車旁行駛，而且一眼就看得出那不是眞正的車。我坐直了身子，集中注意觀察著那台車。車子外觀上的細節通通不對，就連四個車輪都沒有眞的轉動。我看了看自己車上的女司機，發現她雙眼直視前方，顯然一點也不擔心。我又看回旁邊的黑車，這時看出所有車門都是畫在車殼上的線條，絲毫沒有一點深度。透過駕駛座旁邊的窗戶，我看到那台車上的駕駛完全沒有動作，肯定只是一具放在那裡做樣子的屍體。

我們的車速很快，不過對方一點也不比我們慢。這時牠已經靠得十分接近，面對我的這一側車身開始出現一條裂縫，並且慢慢地越裂越大。接著裂縫有如一張大嘴般地張開，露出其內一排血紅色的恐怖纖毛飢餓地四下揮舞。這些纖毛上突然長出銳利的尖刺，對準勞斯萊斯的窗戶甩來，不過怎麼也打不爛車上的防彈玻璃。我退到另一邊的窗戶旁邊，女司機也在此時打開了儀表板上的武器控制台。

接著假車突然之間狂抖一下，車頂讓兩隻從天而降的利爪緊緊扣住，鮮血自爪痕中狂灑而出。假車不斷轉換車道，試圖甩開頂上的雙爪，但是辦不到。牠發出一陣恐懼的尖叫聲，整台車子離地而起。我聽到頭上傳來激烈的翅膀拍擊聲響，緊接著偽裝成車子的怪物被抓入夜空，從此消失不見。牠犯了一個愚蠢的錯誤——過份專注在獵物上而忘記了夜城裡的首要規則：不管你自認是多厲害的獵食者，世界上始終存在著體型更巨大、更強壯而且更飢餓的怪物。只要一不小心，這些怪物隨時可能將你生吞活剝。

勞斯萊斯向前疾駛，其他車輛繼續狂奔，一切都好像什麼都沒發生過一樣。而我則再斟了一杯白蘭地。

□

半小時後，我們來到死亡男孩當前所在位置，夜城大殯儀館。大殯儀館是處理所有夜城喪禮事宜的地方，位於夜城邊境地區。一來是因爲沒有人想要接近這個地方，二來是因爲即使是夜城這種地方依然有些人們不願提起的禁忌——不過最大的原因是在於一旦大殯儀館出了什麼事的話，通常都是一發不可收拾的大事。

大殯儀館的管理階層宣稱他們可以提供所有類型的服務、儀式以及埋葬方式，包括某些不能宣之於口的東西。他們的座右銘：「你的葬禮由自己決定。」在夜城，除非舉行了某些恰當的儀式，不然沒有人可以肯定死去的人會安安穩穩地待在地底下。這也就是爲什麼人們必須付錢給專家來處理這種問題。他們所費不貲，但是物超所值，有時候即使無法提供死者的屍體，他們一樣可以把事情搞定。

然而不管多專業的組織總是會有出錯的時候，而每當事情出了差錯，大殯儀館的管理階層就會放下一切身段，打電話請夜城裡最精通死亡的專家，惡名昭彰的死亡男孩出馬。

女司機在離大殯儀館很遠的一段距離之外放我下車，基本上已經遠到我只能看出大殯儀館輪廓的地步。我才剛關上車門，車子就已經以極快的速度回轉，然後往上城區揚長而去。這樣也好，不然我還眞不知道該給多少小費；我對於什麼樣的服務値多少小費始終沒有概念。我向前走去，街道上十分安靜，散發出一種遭人遺棄的感覺。兩旁建築中的門窗緊閉，沒有透露出任何燈光。這種情況使我的腳步聲聽起來格外大聲，似乎在向所有附近的居民宣告我的到來。

終於來到大殯儀館前面的時候，我的神經已經緊繃到一個極限，隨時準備迎接任何意料之外的狀況。大殯儀館是用磚塊跟石頭堆積而成的巨大建築，四面都沒有窗戶，屋頂向兩旁傾斜。許多年來，沿著這棟主要大樓的周圍陸續又興建了好幾間附屬的建築，綿延了很大一片區域，而且每棟建築的風格都不一樣。整間大殯儀館散發出一種幽暗、陰沉、鬱悶的氣息，四面八方只有一個通往內部的入口。巨大的前門本身是以堅硬的鋼鐵所鑄，外層覆以純銀，其上又畫滿了各式符咒以及屬於死亡世界的語言，只要看上一眼就會令人爲這裡的清潔工感到悲哀。屋頂上有兩根煙囪，連接到後方的火葬場，不過今天是我第一次看到沒有任何黑煙自它們之中冒出。聽說大殯儀館後方還有一座巨大的墳場，不過我從來沒有見過，因爲我不想。我從不參加任何葬禮，葬禮太令人沮喪了。即使當年我父親死去的時候，我也只參加了告別式，沒有出現在葬禮現場。我太了解痛苦與失去摯愛的滋味，入土爲安這種虛幻的安慰對我而言並不代表任何意義，當然也可能只是因爲我看過太多死亡，實在無法常常承受這種生離死別的場合而已。

我在前門旁邊看見死亡男孩的愛車，慢慢往那邊晃了過去。眾所皆知，死亡男孩非常愛惜這輛來自未來的閃亮銀色跑車。此車造型典雅，流線非凡，襯托出無比的生命氣息，而且沒有任何輪胎，它以液態星光作爲動力，靜靜地飄在距離地面數英呎的半空之中。傳說它配備了曲速引擎以及變流護盾，並且在必要的時候能夠變身成爲一具機器人。車窗都經過磁性處理，無法由外部看入車內，不過此刻車子的右前門並沒有關上，一條人腿露在外面。那條腿沒有因爲我的接近而移動，於是我彎下腰向車內看去，只見死亡男孩坐在駕駛座上開心地對著我微笑。

「約翰．泰勒，非常高興再次見到你。歡迎來到全夜城最受歡迎的景點。」

「眞的最受歡迎嗎？」

「肯定是，不然人們怎麼會就算死了也要到此一遊。」

他笑了笑，然後拿起威士忌酒瓶喝了一大口酒。死亡男孩今年十七歲。自從三十年前被人謀殺的那天開始，他就一直是十七歲，再也沒有改變過。我聽過這個故事，所有人都聽過。當年路上的幾個小混混爲了搶劫他的信用卡以及口袋裡的幾毛錢而將他亂棒打死，他躺在人行道上流血致死，沒有任何路人願意停下腳步出手救援。本來故事應該到此結束了，不過沒多久他卻帶著無比的憤怒與超自然的力量死而復生，誓要向殺害自己的小混混們報仇。兇手們一個接著一個死於非命，而且沒有任何人跟他一樣爲了復仇而回來人間。相傳這是因爲死亡男孩的手段太過兇殘，所以死在他手上的小混混寧願待在地獄裡也不敢回來報仇。不過儘管仇已經報了很多年了，死亡男孩依然受制於復活的合約條款而必須繼續行走於夜城之中。

他常被人問「你到底是跟誰簽的復活合約」，而他總是回答說「你認爲是誰」。

他的確復仇了，但是合約上並沒有提到復仇之後就可以安息之類的字眼——他當初眞的應該把小字印刷的部分看得更仔細一點才對——他束手無策，只能繼續遊走夜城，成爲受困於屍體的靈魂。久而久之，他自然而然就附身到自己的屍體上。他四處行善，因爲他必須行善。只有透過不斷的行善，他才有可能完成當初訂下的契約條件。當他站在你這一邊的時候，絕對是個非常有用的夥伴，因爲他不會感覺到疼痛，可以承受極大程度的損傷，並且全然不畏懼任何屬於這個世界的東西。

由於他花了很多時間研究自己這種特殊狀況，一般相信，他比夜城裡任何人都還要了解所有關於死亡的事情。

他下車跟我打了個招呼，然後神情陰晴不定地倚著車子而立。他的個子很高，身形很瘦，穿了一件深紫色的長外套、一條皮褲以及一雙亮面牛皮靴。外套的一邊領子上別了一朵黑玫瑰，胸前的釦子沒扣，露出佈滿傷疤的胸口。身爲一名死而復生的亡者，他的身體不會腐爛，不過傷口也不會癒合。由於死亡男孩沒有什麼保護軀體的觀念，所以在受傷的時候就會用針線、釘書針或是強力膠來修補自己蒼白的皮膚，甚至有的時候還用膠帶草草綑綁；總之，他的身體只能用慘不忍睹形容就是了。我發現他的長外套上有幾個最近留下的彈孔，不過既然他不提，我也就沒問了。

他蒼白的臉頰透露出一種因爲縱慾過度而產生類似前拉斐爾派畫風的疲憊神情，眼中散發過於熱情的神采，嘴唇微微噘起，但不帶有任何血色。他頭上戴了一頂黑色軟帽，帽子下面是一頭長長的捲髮。手中拿著威士忌酒瓶，嘴裡塞滿了巧克力餅乾，他把餅乾跟酒瓶都推到我面前，不過我十分堅定地拒絕了。

「我不需要食物，也不需要飲料。」死亡男孩淡淡地說道。「我沒有飢渴的感覺，甚至不會有任何酒醉的感覺。我吃東西、喝飲料都只是爲了要感受到一絲絲的快感。由於我的感覺很不敏銳，所以只有最刺激的東西才能觸動我的神經。」他從外套中拿出一個銀色的藥瓶，自其中倒出五、六顆複合膠囊，然後混著威士忌一口吞下。「很爽的東西，這可是我找來精通奧比巫術的女人精心調配的。能夠影響死人身體的藥物眞的很不好找。請不要用那種眼光看我，約翰，你這個人就是太容易感情用事了。你到這麼無趣的地方來幹嘛？」

「朱利安·阿德文特說你在這裡處理一個案子。如果我幫你的話，你願不願意也幫我解決一點事情？」

他想了一想，吃了另一塊巧克力餅乾，然後順手把碎屑擦在衣領上。「或許。要看你的事情危不危險、暴不暴力、有沒有邪惡勢力可供剷除？」

「絕對可以滿足你的需求。」

死亡男孩微笑。「那我們就是夥伴了。當然，先決條件是我們必須在我的案子中存活下來才行。」

我點點頭，看向寂靜無聲的大殯儀館。「這裡出了什麼事？」

「好問題。似乎是因爲大殯儀館停電了，於是各式各樣的妖魔鬼怪通通出爐。很多年前我就已經警告過他們應該弄一台自己的發電機，但他們總是不願意自行吸收成本……不管那麼多了，總之屍體冷藏區嚴重受損。我之前也警告過他們不要搞這種玩意，但是，喔，不行，他們一定要跟上時代的潮流，要滿足客戶的需求。」他頓了一頓，又道：「不過我還眞的親自嘗試過一次屍體冷藏術，想知道自己能不能持續冬眠直到有人找出解決我的問題的方法。可惜一點用都沒有。我甚至連一絲寒氣都沒感覺到，只是靜靜地躺在裡面，無聊到爆……而且後來還花了好多工夫才把頭髮上凝結的冰柱通通拔掉。」

我假裝有在聽他說話，但其實內心已在無聲地大罵。搞了半天又是因爲我炸了普羅米修斯電力公司而捅的簍子，好心沒好報……

既然出狀況的是屍體冷藏區，那就表示事情棘手了。人必須先成爲屍體才能進入屍體冷藏區冷藏，也就是說冷藏的時候靈魂已經離體。然而，由於有些人害怕自己死後會下地獄，所以他們就把屍體冷藏技術當作最後的希望。他們會先找來死靈法師將靈魂跟屍體束縛在一起，然後進行冷凍程序，以確保一切都能安然無恙，直到審判日到來爲止。基本上屍體冷藏區有各式各樣的防護措施，只可惜……一旦遇到停電，防護措施就會通通失效。屍體將會解凍，束縛靈魂的法術也會失靈，最後成爲一群沒有宿主的軀殼，隨時可能被外來的力量附身。

「那麼，」我盡量以平靜的語氣說道。「知道是什麼上了屍體的身嗎？」

「不知道。他們提供的資料很少。大概兩個小時前，所有員工都從大殯儀館裡尖叫著逃了出來。不要說沒人敢回去了，連願意待在這附近的都幾乎沒有——考慮到他們每天面對的工作內容，能把這群人嚇成這樣的東西絕對非常恐怖。根據大殯儀館經理的說法，裡面一共有五具解凍的屍體需要處理，而這些屍體都已經遭到外來力量的附身。這樣講對於辨識對方身分並沒有多大幫助，對不對？唯一的好消息是大殯儀館外圍的魔法屏障依然有效，所以我們可以肯定對方都還沒有離開這裡。」

「我們不能再把電接回去就好了嗎？」我滿懷希望地說。

死亡男孩無奈地笑道：「你還搞不清楚狀況，約翰。這裡的供電已然恢復，但是傷害卻已經造成了。附身的怪物早就適應了周遭環境，並且將它們的影響力擴及整棟建築物。大殯儀館的馴屍師嘗試過各種常用的手段，但是都沒辦法趕走這些來自異界的訪客，當然，他們都是躲在很遠的地方施法，不過以他們的能力絕對足以應付普通的惡魔。我認爲裡面那些是來自上層異界的生物，遠古時代的神祇，隸屬外黑暗界的多角巨神，而一般驅魔儀式對這種東西是沒有用的。不，這些難纏的怪物已經掌控大局，在現實世界中打開了一扇穿越時空的傳送門。如果我們不盡快想辦法關閉那道門的話，過不了多久就會有更多怪物入侵夜城。我們有機會可以親自面對這些傢伙，這不是很幸運嗎？」

「我不會用幸運來形容這個狀況。」我說。不過他毫不擔心地笑了笑。

我低頭看了看，發現眼前的地上有一道白色線條清楚地標示出大殯儀館外面的魔法屏障。這面屏障是數百年前的人以鹽巴、純銀還有精液劃下的魔法線條所形成的結界，不但能夠防止外力入侵大殯儀館，同時也能防止殯儀館內部的東西踏入外界。好消息是此刻屏障還在作用，表示設下這道魔法屏障的死靈法師的確有兩下子。我蹲下來以手指輕觸地上的線條，立刻就感到一道能量牆的存在，有如永無止盡的雷電撼動著面前的空氣。同時我還能感應到一股強大的壓力自對面不斷襲來，表示其中有東西非常渴望離開。它憤怒地撞擊著困住自己的這道屏障，而撞擊的力道還在持續增強當中。我收回手掌，站起身來。

「喔，沒錯。」死亡男孩說著喝光酒瓶中的威士忌，順手把瓶子丟到一旁。「很噁心的感覺，是不是？」酒瓶在地上粉碎，但是發出的聲響卻沒有想像中大。死亡男孩以一種不太肯定的目光打量著大殯儀館的門口。「只要力道夠大、撞得夠久，再強力的魔法屏障都會有潰散的一刻。時間不多了，如今只能靠你我二人進去消滅來自異界的壞蛋。啊，我呀，我就是喜歡挑戰！不要這樣看我，待會一定會很有趣的！跟緊我，約翰。大殯儀館的經理給的護身符能夠讓我們穿越屏障，但是如果跟我走散了，你就出不來囉。」

「別擔心。」我說。「我會好好躲在你身後的。」

死亡男孩笑了笑，接著我們一起穿越了魔法屏障。

突然之間，我們同時感到一陣非常強大的心靈能量襲體而來，登時全身發抖，幾乎站立不住。在大殯儀館厚重的牆壁之後，此刻正有某種怪物在監視著我們。那是一種飄浮在空氣之中的模糊存在，有如某種觸摸得到的濃密煙霧一般，非常黑暗、非常可怕、非常超乎人類的想像。它給人一種想哭、噁心的感覺，有血腥的氣息，帶著仇恨的脈動。迎向大殯儀館對我來說，有如穿越一道大便堆積而成的海洋外加心愛的人拿刀迎面戳來的感覺一樣。不過死亡男孩卻只是挺了挺胸膛，就邁開大步往大門走去。看來在已死之人的眼裡任何造成恐懼的力量都不算什麼。我咬了咬牙，繃緊全身的肌肉，跟在死亡男孩身後向前迎去。

我們順利走到門口，沒有遇到任何形式的攻擊。接著死亡男孩伸手抓起門把，從他的表情看來，這扇門顯然不應該上鎖。他用力推了一堆，沒能把門推開，於是放手向後退出兩步，好整以暇地觀察此門。我張開手掌放上堅固的鋼門之上，卻發現觸手處軟綿綿的，似乎門上某種維持固體本質的現實正被緩緩抽離開來。與門的接觸讓我全身皮膚狂起一陣雞皮疙瘩，於是我趕緊抽回手掌，在夾克上用力擦拭。死亡男孩大腳一抬，對準大門狠狠踢下，當場將這扇鋼鑄的大門好像紙糊的一樣踢飛開來。大門落在門後的地板上，發出一陣細微的悶響。死亡男孩跨過地上的大門，走進門後的大廳，擺出一副不可一世的樣子，兩手往屁股上一放，對著眼前的黑暗就喊了起來。

「哈囉！我是死亡男孩！趕快把屁股露出來給我踢吧！出來呀！盡全力攻擊我呀！我才不怕你們呢！」

「你看，」我說。「這就是沒人願意跟你合作的原因。」

「都是一群懦夫。」他冷冷地說。

空氣中瀰漫著混合了鮮血、腐肉以及內臟的種種臭氣，形成一股噁心至極的臭味。大廳中唯一的光源來自飄浮在空中散發出銀藍色磷光的一團形體不定的霧氣。我的雙眼沒過多久就適應了黯淡的光線，不過在看清楚四周牆上的景象之後，我眞希望自己不要適應。周圍的牆上掛滿了一層一層的人體殘骸，屍體被拉長壓扁黏在牆上，從地板到天花板一共用人皮、內臟及骸骨疊了好幾層人肉屏障。而參雜在這些人肉屏障中的是數千張扭曲的人臉，多半是從後面的墳場裡挖出來的。這些人體殘骸被施加了某種形式的生命，它們感應到我們的到來，在牆上不安地蠕動，所有臉上的眼珠都隨著我倆的身形而轉。我們就這麼在千百道目光的注視下緩緩穿越大廳。一路上有許多條手臂朝我們伸來，也不知道是想要抓住我們，還是在向我們求救。我看到心肺等內臟好似嘲笑生命一般地在牆上抖動，心中不斷慶幸自己沒能認出任何一張牆上的臉孔。

至少地板上很乾淨。死亡男孩大步前進，全然無視牆上的慘狀，我則緊緊跟在他身後。這種情況下如果沒有像他如此鎮定的人走在旁邊，只怕任何人都會被逼瘋。我們的腳步聲十分沉悶，四周圍繞的陰影深邃異常，感覺像是走在一條狹窄的通道上，遠離正常的世界，通往一個……總之不是正常世界的地方。

大約在走到大廳中央的時候，我們終於隱約看見了對方的形體。藉著磷光迷霧的照明，我們看見大廳另一邊的陰影深處裡站了五條巨大的身影。他們是從難以想像的低溫中解凍的屍體，死而復生之後又被來自異世界的非人靈體附身，此刻已經失去了原有的人類形體。附身在這些屍體上的靈體太強大、太猛烈、太不自然，根本不是人類的軀體可以塞得下的。於是屍體被拉長、被放大，被體內強大的壓力擠成一種不自然的形狀，變成十分噁心恐怖的怪物，只能以慘不忍睹來形容。他們的表皮不斷蠕動，似乎體內的內容物已經超越了三度空間所能容納的極限。人類的軀體在這種情況下應該早就被扯成碎片才對，但是這五具屍體卻在附身靈體的強大意志力之下頑強地湊在一起。他們需要這些屍體，唯有靠著這些空洞的宿主他們才能存在於物質界中。我很想偏過頭去不看他們，因爲這些屍體們的形狀實在太過複雜，正常人類的心智根本無法承受這種景象。

我覺得我們靠得太近了，於是抓住死亡男孩的手臂讓他停步。他對我瞪來。

「我們需要資訊。」我小聲道。「跟他們談談。」

「你去跟他們談。如果找到什麼弱點再跟我說。」

其中一隻怪物向前靠來。它足足有兩個人高，寬度也差不了多少，蒼白流汁的皮膚緊繃到了極限。它挺起修長的脖子向我們湊來，眼中不斷流出血淚，一滴一滴地落在地板上，發出陣陣白霧跟滋滋聲響。不少骨頭刺穿了它臉上的皮膚，形成許多不規則的尖角。當它開口說話的時候，聲音就像是口出淫言穢語的唱詩班小孩一樣。

「我們是原始之神，是純粹概念上的生命，是天地初開時代的產物，是在光榮的理想被所謂的規則限制矮化之前就行走於大地之上的高級靈體。爲了保護你們這些脆弱無能的低等生命，我們被逐出物質界。自從時間開始的時候，我們就已經存在。我們在物質界的邊緣等待、觀察，不斷尋找重臨大地的方法，只爲了向所有膽敢踰越自我身分的低等生物展現我們的輕蔑與仇恨。我們是原始之神，是我們先進入物質界的，我們將會待在這裡，直到所有膽敢思考的東西通通被埋入土裡爲止。」

「標準的爛惡魔。」死亡男孩道。「活了幾千年了，唯一會做的事就是抱怨歷史不公。不必廢話，直接開打吧。來呀，讓我看看你們有多厲害！」

「你能不能稍微理性一點？」我話才說完，就看到對面那顆腦袋突然對我轉來。

「我們認識你，小王子。」唱詩班的低語聲說道。「約翰．泰勒。沒錯。我們也認識妳母親。」

「你們知道些什麼？」我感到一陣口乾舌燥，盡力讓自己的聲音聽起來冷靜。

「在這個爛到谷底的世界裡，她是一切的最初，也將會再度成爲最初。她將會回歸。沒錯，過不了多久，她就會重新降臨大地。」

「她究竟是什麼人？她的身分到底是什麼？」

「去問那些喚醒她的人。去問那些請她回歸的人。她將重臨大地，沒有任何人能夠阻止。」

「你們怕她。」我有點驚訝地說。你們也怕我。我心想。

「我們是原始之神。在她回歸之前，我們還有時間可以好好玩玩，該陪你玩玩了。」

「你們聊的話題非常有趣。」死亡男孩說。「但是廢話已經說得夠多了。掩護我，約翰。我有個計畫。」

他向前一衝，對準最近的怪物撲上。

「這就是你所謂的計畫？」我大叫，除了跟在他身後衝去之外，也沒有別的辦法可想。只有在這種時候我才會希望自己有帶槍，眞正的大槍，可以裝塡核子子彈的超級大槍。

死亡男孩出手抓向之前說話的那隻怪物的頭，怪物向前一傾，有如琥珀包圍昆蟲一般將死亡男孩擁入體內。怪物打算附到他的身上，不過死亡男孩的身體已經被他自己的靈魂給附了，沒有任何其他力量能夠擠得進去。怪物抖動幾下，無法承受死亡男孩詭異的身體，終於將他吐出體外。死亡男孩在地上重重一摔，立刻翻身站起，東張西望地尋找下一個目標。五隻怪物突然同時張口誦唸出一連串比人類言語更高深的語言，藉以控制黏在牆上的千百具屍體殘骸。殘骸在咒語的驅動下紛紛自牆上滑落，彷彿一片屍海一般自四面八方沿著地板往我跟死亡男孩湧來。尖銳的斷骨不斷自屍海中噴出，地板也因爲過多的胃酸而冒出白煙。眼球自血水中浮現，指甲從斷指中冒出，到處都有比手術刀還要銳利的物體瞄準著我們。

我從口袋中抓出一大把鹽巴，在自己跟死亡男孩周圍灑了一整圈，然後叫他乖乖待在鹽圈裡面。雖然傳說他的肉體可以承受一切打擊，但是面對數千具屍體凝聚而成的胃酸狂潮，天知道他會不會就這麼被消化掉。屍海在鹽圈外稍微停了一下，接著向上拱起，跨越鹽圈繼續撲向我們。我靜下心來觀察四周，死亡男孩則是毫不畏懼地對準最近的屍塊就是一陣拳打腳踢。他嘴裡也沒閒著，一直誦唸著各式各樣的咒語，從精靈語到古埃及語，什麼法術都用上了，但是卻沒有什麼明顯的效果。這片屍海是由遠古之神控制，而它們的力量自天地初開就已經存在，就連死亡男孩也不曾接觸過如此古老的怪物。

我看著遠古之神，發現它們都把注意力集中在我身上，反而不太理會死亡男孩。我之前就覺得他們對我懷有恐懼，但是爲什麼呢？我有什麼讓他們害怕的地方？我懂的攻擊法術比死亡男孩少多了。或許它們怕的是我找東西的天賦，但是天賦要如何才能在這種情況下派上用場呢？我努力地看著五具被遠古之神附身的噁心屍體。它們的確很恐怖，但同時也很……緊繃，很不穩定；人類的軀體根本無法容納遠古之神，或許只要稍加刺激就可以讓它們自行漲爆……

這個想法才剛在腦中成形，我就已經開始動作，踏著滿地的屍體向前衝去。我毫不猶豫地奔向講話的那隻遠古之神，嘴裡叫道：「你以爲自己很強嗎？有種附到我身上看看呀，你這渾蛋！」心裡卻想著「要是猜錯就完蛋啦！」遠古之神被我的氣勢所懾而微微向後退縮，不過我已經撲到它身上，撞入它的胸口。對方的身體有如泥漿一般地將我整個人吸了進去，我則趕緊伸手摀住口鼻，以免腐爛的血肉滲入體內。一股寒氣襲體而來，冷到超乎我的想像，簡直可以跟虛無太空中的黑暗低溫相比，更糟糕的是，在這股黑暗跟寒冷的虛空之中有一個實實在在的靈體從四面八方對我直逼而來。便在此時，四下爆出一陣淒厲的慘叫。在這充滿背叛與憤怒的慘叫聲中，怪物所附身的屍體終於撐爆，化作無數碎片向四面八方飛散。

遠古之神想要附上我的身體，但是卻沒辦法將我的靈魂趕出體外。它體內實在塞滿了太多東西，總得有一樣必須被擠出去，結果最先受不了的就是它所附身的屍體。屍體爆炸了，血肉模糊，屍塊飛濺，強力的撞擊引起連鎖反應，當場把其他四個遠古之神一併炸掉。一切很快就結束了。我跟死亡男孩站在停止蠕動的屍海之中，看著滿地迅速腐爛的內臟與屍塊，沉默了好一會兒。最後死亡男孩往我看來。

「人家還說我太過衝動、不易相處呢。你對它們做了什麼？」

「我讓它們消化不良，或許我畢竟不是普通人吧。」

死亡男孩吸了口氣。「老天，我身上好臭，你也一樣。希望這裡有浴室和洗衣機。」

過了很長的一段時間，我跟死亡男孩終於洗去了一身臭氣，穿上洗得乾乾淨淨的衣服。既然危機已經過去，大殯儀館的員工也就陸陸續續回來。在狂嘆好幾口大氣之後，所有員工很不情願地展開善後作業。這可是件漫長惱人的大工程，除了需要很多屍袋、強健的胃、用處不大的水桶跟拖把之外，還需要很大一桶消毒水。大殯儀館的經理簡短地跟我們見了個面，握了握手，向死亡男孩保證支票已經寄出，然後就離開了。跟死亡男孩確認付款是很重要的一件事，由於死亡男孩習慣直接到別人家裡面對面解決事情，所以沒人願意惹火他。當我跟死亡男孩離開大殯儀館的時候，正好看到兩個年輕人抬了一個標明「空氣濾淨器」的箱子跌跌撞撞地走了進去。

我們來到死亡男孩的未來之車旁邊，也沒聽他下什麼指令，車門就自動打開。死亡男孩跳上駕駛座，我則小心翼翼地坐到他旁邊的座位上，接著車門就自動關閉。我稍微看了一下，發現車上的儀表板看起來比太空船還要複雜。死亡男孩不知道從哪裡拿出了一根超大巧克力棒，當場狼吞虎嚥了起來。吃完之後，他把身上的碎屑全都拍到腳邊，我這才發現地板上堆滿了垃圾。接著他若有所思地瞪著擋風玻璃，似乎想要張口大叫，但卻又沒有足夠的體力這麼做。

「我很累。」他突然道。「我隨時都感覺很累，我實在不想繼續累下去了。一切都需要耗費精力，不管是對抗遠古的神祇還是平淡地虛度一天。你絕對無法想像死亡是什麼景象，好多東西我都已經感覺不到了，比如說微風、花香，甚至是冷熱這類溫度變化。我沒有胃口，沒有需求，完全不會想要睡覺。我甚至無法想起辛苦奔波一天之後，舒舒服服地墜入夢鄉是什麼感覺。就連情緒對我來說都只剩下一點點殘缺的回憶，當最糟糕的狀況已經發生過了之後，你實在很難強迫自己再去在乎任何事。我只能繼續走下去，只因爲沒得選擇而不斷地行善，一再將自己送入險境，只爲了能夠找回一點點的快感……你確定還想要我幫忙嗎，約翰？」

「我需要你的幫助。」我說。「需要你那種透徹的洞察力，其實不是什麼驚天動地的大事，不過還算是個有趣的案子。」

「啊，好吧。」死亡男孩道。「我喜歡有趣的事。要往哪去？」

「這就得要問你了。我要找一個之前在卡文迪旭夫婦手下工作，名叫席維雅・辛恩的過氣歌手。朱利安・阿德文特認爲你知道她目前的下落。」

死亡男孩臉上浮現一個奇特的表情。「我不知道你對那種女人會有興趣，約翰。這跟我想像中你的品味不太一樣。不過話說回來，我也沒什麼資格評斷你……」

「她只是一個我要調查的對象。」我說。「你知道她的下落嗎？」

「知道。我還知道她現在在幹的勾當。你在浪費時間，約翰，現在的席維雅・辛恩只在乎工作，對其他任何人或任何事都漠不關心。」

「我還是得找她談談。」我道。「你可以帶我去嗎？」

他聳肩：「有何不可，反正到時候看看你見到她時的表情應該也很有趣。」

□

死亡男孩的未來之車在夜城的街道上呼嘯而過，沒有任何車輛膽敢接近，多半是害怕相位雷射或光子魚雷之類的未來武器。我聽不見絲毫引擎發出的聲音，也感不到任何疾駛中的震動。我們移動的速度比街上所有車輛都快，但是我卻一點車子在加速的感覺都沒有。沒多久我們就離開主要大街，轉入住宅區的小巷子裡，最後在一棟跟兩旁建築沒什麼兩樣的房子前停下。夜城也有偏僻的地區，而這裡顯然是偏僻地區中最偏僻的地方。

我跟死亡男孩下車之後，車子就自行落鎖。天上飄起了毛毛雨，讓我不由自主地縮在外套底下。夜色越來越陰暗，烏雲遮蔽了滿天星斗跟巨大的月亮。在昏暗的淡黃街燈照耀之下，我們周遭似乎處於一種變態低俗的氣氛之中。街上沒有半個人影，兩旁的房子中也幾乎沒有透出半點燈光。死亡男孩領著我穿越雜草叢生的花園，來到那棟房子的前門，接著往旁邊一站，示意要我敲門。再一次，他臉上浮現令我看不透的奇特表情。我沒看到門鈴，於是直接敲門。門立刻打開，似乎對方早就在等待著我們的到來。

開門的人臉上彷彿掛了個「我是皮條客」的霓虹招牌一樣，無論長相、站姿、笑容全都散發出一種淫賤卻又親切的感覺。他身穿一件黑色的絲質外套，其上繡了一條栩栩如生的中國巨龍。身材又矮又瘦，可說是雌雄難辨。十根手指頭上全部戴滿銀戒指，鼻孔上還穿了一只鼻環。他有一頭漆黑的頭髮，不過五官之中卻透露著一股說不出來的不自然感。那感覺十分詭異，似乎跟他的表情有點關係。他臉上一直帶著微笑，但是那股笑意卻始終沒有進入那透徹的眼神之中。

「每次看到新面孔總是令人心情愉快。」他語氣輕快地說。「我們歡迎任何人大駕光臨，尤其是像兩位這麼有名的人物。傳奇人物死亡男孩以及重出江湖的約翰·泰勒。認識兩位是我的榮幸，先生。我名叫葛雷，很高興爲你們服務。」

「我們要見席維雅。」死亡男孩說。「至少，約翰要見她。」

「那是當然囉。」葛雷說。「從來沒有人是來這裡找我的。」他轉頭對我笑道：「您有什麼癖好嗎，先生？不管您想玩什麼、想跟誰玩，我保證這裡都可以滿足您的慾望。我們對玩法全不設限，鼓勵大家嘗試新鮮的東西。而親愛的席維雅更是非常願意配合。」

「不用預約嗎？」我說著瞪了死亡男孩一眼。他應該事先告訴我的。

「喔，只要有顧客上門，席維雅都會知道。」葛雷說。「此刻她剛好搞定上一名客戶，您可以直接上樓去找她。當然，我們要先談好價錢。如果在完美的世界裡，我們根本不必講這些市儈的言語，只可惜呀……」

「我不是來買春的。」我說。「我只要跟她談談。」

葛雷聳肩：「不管你想跟她幹嘛，收費都是一樣。當然，我們只收現金。」

「上去吧，約翰。」死亡男孩說。「我來跟葛雷聊聊。」

他向前跨上一步，葛雷立刻向後退出一步，因爲後退是正常人面對死亡男孩時的正常反應。葛雷退完之後，很快又恢復正常，舉起手來正對死亡男孩推去。接著他們兩人中間突然爆出一陣魔法閃光，不過閃了幾下之後就消失得無影無蹤。葛雷嚇了一跳，退到牆邊，兩隻眼睛張得老大。

「你……你是什麼東西？」

「我是死亡男孩。你只要知道這一點就好了。快上去，約翰。我不想在這裡耗上一整晚。」

我順手帶上房門，越過死亡男孩跟葛雷，踏上狹窄的樓梯。席維雅就在二樓，我可以感覺得到。這棟房子散發出一種寒冷、陰森的感覺，到處都有黑暗深邃的陰影。樓梯是木製的，上面沒鋪地毯，不過我上樓的時候卻沒發出任何聲音，彷彿就像是走在惡夢中的鬼屋裡一樣，有點熟悉卻又異常陌生，每道門每扇窗似乎都隱藏了可怕的威脅，每一眼看出去都讓人感到莫名的恐懼。距離似乎無限地向上延展，我走了好久才終於到達二樓。

我站在一扇門之前，一扇恐怖至極的門，門後面隱藏了不可告人的秘密。我站在門口，呼吸凝重，也不知道是因爲害怕還是期待。不用別人說我就知道這是席維雅的房門，因為我可以感覺到她的存在，就像是一場即將到來的暴風雨一樣。我伸出一指輕輕在房門上推了一下，房門立刻向內滑開，似乎在歡迎我的到來。在聞到一股淡淡的怪味之後，我邁步走入房中。

在這個房間裡，在這紅色的房間裡，在這充滿玫瑰花瓣色彩的光線以及閃耀不定的陰影的房間裡，我感覺像是走入了女人的體內，溫暖、潮濕，空氣中瀰漫著汗水、麝香以及香水的味道。燈光黯淡，到處都是陰影，似乎其中所提供的娛樂根本見不得光。我感受到誘惑，感受到慾望，感受到一種永遠都不想離開的衝動。

那感覺就像是走進了地獄的接待大廳。我好愛那種感覺。

房內有一張超級大床，床上躺了一名體態慵懶的裸體女子。她絲毫不感到羞恥地對我微笑，渾身上下綻放出無比致命的吸引力，有如初嚐腐肉的快感，好比俄羅斯輪盤的刺激。她緩緩地在深紅色的床單上蠕動身軀，就像是在血池中鑽動的蛆蟲一般。她的五官在臉上四處遊走，不斷地改變，不停地幻化，就連身高及體重似乎都沒有定數。她可以是一個女人，也可以是一百個女人，或者說是一個具有一百張不同面孔的女人。她動作徐緩，極盡慵懶之能事，皮膚白皙得有如眼球中的眼白。即使當她的五官搭配成難以入目醜陋面孔之時，在他人眼中依然美不可言。她的骨架有如潮浪般起伏不定，嘴唇的色彩變幻無方，深邃的雙眼承諾著令任何男人都會噁心嘔吐同時又感動落淚的性愛歡愉。我從來沒有如此想要一個女人。她是性感的實體，是女性的極致，光是她的存在就讓整個房間蓬蓽生輝。

雖然明知對身體有害，但我就是情不自禁地想要她。

「約翰．泰勒。」床上的女人開口道。她的聲音十分輕柔，有如一群合音天使的歌聲。「卡文迪旭夫婦說過你可能會來。我已經期待與你見面很久了。我會變成今天這個樣子都是卡文迪旭夫婦造成的，只不過這個結果跟他們當初期望的有點落差。當時我只是一個歌手，一個很棒的歌手，但是光那樣對卡文迪旭夫婦來說並不夠。他們想要打造的是一個所有人都會愛上的超級巨星，只可惜花了大錢卻得到這種結果：一個形體不定的女人；一個象徵性愛的怪物；一個夢寐以求的慾望；一個永不止歇的快感。」

她笑了，笑聲中少了點幽默與人性。她的肌膚鼓動，形體萬千，變換著各種不同的姿勢。我全身冒起雞皮疙瘩，目光完全無法從她身上移開，下體興奮勃起到疼痛的地步。我靠著意志力苦苦支撐，盡力讓自己待在原地。我絕不能再靠近她一步，我不敢這麼做。我想要佔有她。我要她佔有我。

接著我看見她懶洋洋地舉起手來放到嘴邊，手指上沾了些黏黏紅紅的東西。她將紅紅的東西放入嘴中慢慢咀嚼，滿足地享受著箇中滋味。這時我的眼睛漸漸適應了房中的光線，也終於發現屋內還有另外一個人躺在床邊的地板上。那男人隱藏在陰影之下，全身僵直，顯然已經死去。在他腦袋的側面有一個大洞，此刻席維雅就在我的注視之下將手指伸入洞中，沿著腦緣攪拌，然後挖出更多腦漿來。

「席維雅剛好搞定上一名客戶。」葛雷之前是這麼說的。

她看著我臉上的表情，再度笑出聲來。「一個女孩總是需要生活呀。像我這種狀況是需要付出代價的，幸運的是，代價不需要我親自來付，是他們自己找上門來，不論是男是女，他們都受不了內心深處的慾望驅使，主動跑來找我。我用身體滿足他們的需求，不過也同時讓他們付出代價。我吸取他們的慾望、熱情、信仰以及自我，接著再取走他們的性命。然而到了那個地步的時候，他們通常也不在乎了。最後，我吃掉他們的屍體；他們的活力延續著我的生命，他們的血肉維持著我的形體。穩定與混亂之間總是需要一個平衡，要是我無法取得我的需求，你就不會喜歡我的外表。喔，不要這麼驚訝，約翰！卡文迪旭夫婦的法術將我打造成你心目中最渴望的女神。我很喜歡自己這個樣子。來找我的人心裡都明白這種風險，他們也很喜歡這種感覺。這才是性愛的原貌，不受種種道德與良知的束縛，完完全全的縱慾無度。」她看了看地上的屍體。「不必爲他哀悼。他已經耗盡一切，對任何人，甚至他自己都沒有任何用處了。除了我以外。再說，他可是含笑而死的，看到沒？」

我震驚得說不出話來，自然也無法回答。

她以一種無法理解的性感動作緩緩地伸展肢體。「你不想要我嗎，約翰？我可以變成任何你想要的人，你可以對我做任何你不敢對那些人做的事。我爲性愛而活，我的肉體能夠配合滿足所有需求。」

「不。」我滿臉冒汗地強迫自己說道。我在很小的時候就已經爲了生存而學會自我約束，再說，我老早就習慣得不到自己想要的東西。儘管如此，我還是必須使盡全力才能留在原地。「我需要……找妳談談，席維雅。關於卡文迪旭夫婦的事。」

「喔，我很久沒有想起他們了。我不在乎外面的世界所發生的事。在這裡，我擁有自己的世界，而這個世界很完美。我從來不離開這裡。這裡，我擁有無限的喜悅。你是來告訴我夜城裡所發生的事嗎？罪惡是否依然充斥其中？多久了，我來這裡究竟多久了？」

「一年多一點。」我說著向前跨出一步。

「才一年？我覺得好像已經一世紀了。不過，在天堂跟地獄裡，時間本來就過得比較緩慢。」

我又再向前踏出一步。她的身體彷彿以一種跟世界一樣古老的聲音呼喚著我。儘管心知一旦過去就必須付出性命跟靈魂，但是除了內心深處的一小點自我還在無聲吶喊之外，我根本就不在乎。在此生死關頭，我只能使出最後絕招，開啓了強大的天賦，以最透徹的心眼審視席維雅・辛恩的內心，找出她被卡文迪旭夫婦改變之前的最初自我，然後將她帶回這個世界。

席維雅驚聲尖叫，劇烈抖動，全身的皮膚沸騰冒泡，直到一個固定的形體浮上檯面之後，整個幻化的過程才在瞬間劃下句點。席維雅全身蜷成一團，躺在床上大聲喘氣。如今的她恢復成一個正常的女人，擁有正常的膚色以及正常的美麗容顏。我也在大聲喘氣，因爲我終於從鬼門關裡爬回人間。剛才那股強大的性愛壓力已自房內消逝，只剩下一點點殘存的氣息在空氣中飄浮。席維雅緩緩坐起，全身依然一絲不掛，用屬於人類的雙眼朝我望來。

「你做了什麼？你對我做了什麼？」

「我幫妳找回自我。」我說。「妳自由了。永遠恢復正常了。」

「我才不要恢復正常！我喜歡那個樣子！我喜歡那種感覺！那種歡愉、那種渴望、那種吸食他人精力與肉體的快感……我是女神，你這渾蛋！還給我！把它還給我！」

她像隻狂野的大貓對我撲來，雙手瞄準我的眼睛，利牙咬上我的喉嚨。我向旁一讓，輕易躲開攻擊。如今這個正常的軀體受限良多，她根本不知該如何駕馭。她一頭撞進門旁的牆上，然後就再也爬不出來，因爲她的皮膚已經與牆壁融爲一體。因爲牆壁不願意放她離開。我終於明白屋內的光線從何而來，也終於了解爲什麼空氣中還會有殘存的性愛魔力揮之不去。當你在一個房間之中用魔法做了太多瘋狂的行爲之後，那房間遲早會變成一間瘋狂的魔法屋。我帶回了席維雅．辛恩，卻沒有將房間一併恢復原狀。她大聲呼喊，對著牆壁捶出一拳，拳頭當場也卡進牆內，接著迅速地陷入牆中，有如沉入佈滿玫瑰花瓣的池塘裡一樣。她吞噬了無數男女，如今自己也面對了同樣的命運。一切在她有機會發出最後慘叫之前就已經結束了。而在她身體消失的那一瞬間，房中的性愛氣息瘋狂大增，彷彿某個飢渴的獵食者突然將矛頭指向了我一樣。

我拔腿就跑，直奔下樓。

在樓梯底下，我停下腳步，大口喘了幾口氣。我的心臟跳得非常劇烈，簡直跟用鐵鎚敲打胸口沒什麼兩樣。夜城中到處充滿了各式各樣的誘惑，人們都知道只要自一項誘惑中逃出生天，就千萬不要再回頭去招惹。席維雅．辛恩已經死了，而那個房間應該用不了多久也會餓死，只要沒有人蠢到再去餵它……我轉頭找尋葛雷，發現他正縮在牆角發抖痛哭，而死亡男孩則一派輕鬆地倚門而立。

「他怎麼了？」我問。

「他想知道死亡是什麼感覺。」死亡男孩道。「於是我跟他說了。」

我看了看葛雷，輕輕打了個冷顫。他雙眼張得老大，但卻一點神采也沒有。

「那麼，」死亡男孩道。「搞定席維雅了，是吧？」

「搞定了。」我說。「卡文迪旭夫婦在她身上動過手腳，把她變成一頭怪物，或許他們也對洛欣格爾做過類似的事。我必須再去找她。」

「介意我同行嗎？」死亡男孩說。「跟你在一起，死亡都會變成有趣的事。」

「當然好。」我說。「不過下次由我跟人家交談，好嗎？」

chapter 8 女伶！

就跟大部分的城市一樣，夜城裡總是無法在需要的地方找到停車位。立體停車場跟車位保留區是不少，不過從來都不是蓋在有用的地方。如果隨便亂停車的話，通常車子不是被偷走、被吃掉，就是車主一離開立刻進化成完全不同的東西。死亡男孩把未來之車開到卡里班的洞附近的街道上，熄火，下車，然後頭也不回轉身就走。我跟在他身後，不過卻忍不住要回頭看看車子。這台閃著銀光的未來之車在上城區的街道上看來異常顯眼，而我已經發現有許多不友善的目光在打量它了。

「在這裡光鎖車門是不足以保護車子的。」我道。

「我的車懂得照顧自己。」死亡男孩輕鬆說道。「內建的電腦可以存取所有防衛性武器，而電腦的人工智慧之中包含了一種詭異的幽默感，但是卻沒有任何道德觀念。」

我們沿著潮濕的人行道行走，路上的行人一看到我們紛紛讓道。沿路店家的霓虹招牌就跟往常一樣艷麗，店中也不斷傳出薩克斯風跟打擊樂器的音樂聲響。街上有一群人正在血祭一個默劇演員，將屍體獻給某名低階神祇，旁邊的觀光客紛紛拿出攝影機拍攝精采畫面。一隻眼睛跟嘴巴都被人用線縫合的泰迪熊站在街道中央散發抗議動物實驗的傳單。來自各式文化的傳統美食的香味飄浮在夜空中。還有不少人遠遠看到死亡男孩就立刻轉身離開。

我們停下腳步，隔著一段距離觀察著卡里班的洞。這家夜店的外觀完全毀在稍早的暴動之中，如今有一群復原專家正以最快的速度處理善後。夜城是個隨時有暴動發生、建築物被摧毀的地方，所以這裡永遠不會缺少能夠迅速處理任何爛攤子的復原專家，只不過這類人物通常價錢很高就是了。當然，現在大部分的人力還是投入在前一陣子天使戰爭中遭到破壞的建築物，不過卡文迪旭夫婦還是有辦法請來這堆人馬幫忙善後。三名建築魔法師此刻正在施展搬移法術將招牌恢復原狀。看著滿地碎片從人行道上跳起，有如拼圖一般再度湊成一塊完整的招牌是個很有趣的經驗。旁邊有個可憐蟲在想辦法把大門推回原位，邊推還必須忍受附在門上守門的幻象大頭滿嘴惡毒的咒罵。

四周圍滿了看戲的群眾，除了閒閒沒事來看免費餘興節目的觀眾之外，還有許多一看到有人聚集就會跑來兜售商品的小販。他們賣的都是人們用不到的東西，像是一些T恤、正常人不可能會去的夜總會的門票，以及許多熱騰騰的食物。這些食物不但超貴，而且通常不太衛生，只有新來的觀光客才會笨到去買來吃。

看到一個穿著睡袍的傻瓜花錢買了一個據說是肉做的玉米烙餅之後，死亡男孩忍不住嗤之以鼻。「還有誰不信嗎？」他大聲說道。「觀光客眞的什麼都吃呀。這根本是個充斥著不實廣告的鬼地方。要是那個傢伙敢把食物的成分大聲說出來的話，你看看還有誰會去買。『會蠕動的棒子！用唸不出名字的怪物的肉做成的派！吃下去立刻拉出來的速食！』」

「消費者自求多福。」我輕鬆地道。「這句話應該是夜城的座右銘。所有事物都沒有表面上那麼單純……」

我們興致盎然地看著一名建築魔法師對著一堆木屑施展時間迴轉法術。只見他一個不留神，法力稍微失控，時間立刻迅速迴轉，那些木屑登時恢復成樹木，開始發芽長葉。我們跟群眾一塊向法師報以熱烈的嘲笑聲，接著死亡男孩透過他的亡者之眼仔細觀察了一會兒卡里班的洞。

「這地方有不少剛剛才施加上去的魔法屏障。」他輕聲說道。「這些法術隱藏得很好，不過沒多少東西可以瞞過亡者之眼。另外還有不少偵測變形跟阻止行動的防禦法術，其中絕大部分都特別把你指定爲目標，約翰。這裡只是剛好在他們的防禦範圍之外而已，看來卡文迪旭夫婦眞的很不想看到你再度出現在他們店裡。」

「有多厲害？」我問。

「這樣說好了，只要觸動了任何一道法術，你的屍體就會零碎到需要調色刀才能刮乾淨的地步。」

「唉唷。」我說。「我還是得再見洛欣格爾一面。有什麼辦法嗎？」

死亡男孩低頭沉思。旁邊的人一看他皺起眉頭，全都閃到一邊去。「我可以大搖大擺地走進去。那些法術只對活人有用。」

「不行。」我說。「第一，洛欣格爾只會跟我談，根本不會理你。第二，以你的做法一定會觸發所有警報的。若非必要，我不希望吸引卡文迪旭夫婦的注意。畢竟他們手下有一名強者，惡兆之人。」

「啊，對了，年輕的比利，難纏的小子，等他再長大一點，絕對會變成一個危險人物。」

「最可能的情況是，洛欣格爾依然待在由兩名戰鬥法師守衛的休息室裡面。我之前唬過他們一次，不太可能再唬第二次。再說，天知道他們還安排了什麼陷阱……」

「那你打算怎樣，約翰？」死亡男孩有點不耐煩了。「我們總不能一直站在外面。他們遲早會發現我們的。你到底要怎樣接近那隻致命的夜鶯？來吧，努力想想吧，想辦法是你的專長。」

「既然我們進不去，」我緩緩說道。「那她就必須出來找我們。我們要送個口信進去給她。店裡的員工待在裡面只會妨礙善後作業，所以他們一定都在附近閒逛。我們只要找到一個可以收買的，請他幫我們帶個口信給洛欣格爾就好了。」

「天知道他們在哪。」死亡男孩有點懷疑地說。「你打算怎麼找，用你的天賦定位？」

「不。」我說。「不能靠我的天賦。我最近運用天賦的次數過於頻繁。每當我開啓心眼的時候，行蹤就會暴露，我的敵人可以利用這點機會找到我。你也見過他們派來殺我的那些東西。不行，他們到現在還沒找上門來已經很幸運了。我應該要開始小心，採取簡單的方法行動。只要去附近的酒吧、咖啡館跟餐廳看看，一定會碰到他們。這些傢伙總是離不開物質享受的。」

結果我們在不遠處一家主題咖啡館「甜蜜蜜蜂」找到了他們，那家店的所有女服務生都必須穿著黃黑相間的蜜蜂服，頭上戴兩條觸角，還得在屁股上別根尖刺。儘管這些女服務生面帶笑容地在桌椅間穿梭，跟客人介紹著今日特餐，不過怎麼看就是有點不爽的樣子。卡里班的洞的那群女合音全都縮在角落的一張桌子旁，一邊喝著難喝的咖啡，一邊大口抽菸、大聲聊天。跟她們同桌的還有一個伊恩．阿格，也就是她們的樂手兼道具管理員。當我跟死亡男孩往他們那一桌走去的時候，依恩是唯一露出高興表情的人。

「喔，又是你，是嗎？」金髮合音女郎一邊說著一邊將菸灰彈到地上。「你為我們帶來的麻煩與不幸還不夠多嗎？在你出現之前什麼事都沒有，等你出現之後，不但有人在舞台前排自殺，還有人在我們店外暴動。當權者真應該限制你入境才對。」

「他們試過。」我冷冷地說。「不過我還好好地待在這裡。我需要有人幫我帶個口信給洛欣格爾。」我四下看了看，想在他們臉上看出一絲同情的笑容，不過卻只看見不爽的表情跟微翹的嘴角。這也不能怪他們，實在是我自己惡名昭彰，所以正常人喜歡把壞事怪到我頭上來。

「你旁邊這個沒有流行概念的朋友是誰？」金髮女問。

「死亡男孩。」我說。話一說完，整間咖啡館突然安靜了下來。伊恩．阿格推開椅子站起身來。

「我們去外面談。」他說。「請原諒這些女孩。因爲事關她們生計，所以講話比較衝一點。」

我們一起走到店門旁邊，店裡其他人都躲到安全的距離之外偷看我們。伊恩．阿格看了看我，皺眉道：「我很擔心洛絲。自殺事件發生後，卡文迪旭夫婦已經完全控制了她的一舉一動，該怎麼做、怎麼說、怎麼想，什麼都管。他們擔心的只是要如何跟音樂媒體交待這件事情而已，如今洛絲根本就是被軟禁的囚犯，你還想幫她嗎？」

「當然。」我說。「你可以帶個口信給她嗎？」

「也許。」伊恩說。「至少我其中一個分身應該可以辦到。」

「到底哪一個才是本尊？」我問。

「都是。」伊恩．阿格開心地說。「我是所謂的暫時性三胞胎，擁有三個身體，一個靈魂，彼此之間沒有分別，這也算是一種特色。我媽老是說我的出生是命運跳針的結果。此刻我的其他兩個身體正在店裡忙著佈置舞台。透過我的雙耳，他們可以聽見與你的對談。你要帶什麼口信？」

「不是什麼好消息。」我說。「卡文迪旭夫婦曾經試圖打造另外一個超級巨星。爲了要增加人氣度，他們在席維雅．辛恩身上施法，結果卻創造出了一頭怪物。我是說眞的怪物。我親眼目睹過她的樣子，絕不希望類似的事情發生在洛絲身上。我要她偷溜出來，找個安全的地方跟我見面，一起研究接下來該怎麼做，因爲我不相信卡文迪旭夫婦會優先考慮她的權益。洛絲自己要溜出來應該並不困難，一般保鏢只會把注意力集中在想要溜進去的人身上。」

伊恩面露怒容：「席維雅．辛恩。我已經有一陣子沒想起這個名字了。之前我們還在懷疑到底在她身上發生了什麼事情。好吧，我的分身會把口信帶給洛絲。現在卡文迪旭夫婦已經離開卡里班的洞了，所以她有可能會聽我的話。只要卡文迪旭夫婦不在附近，她就會比較自主，也比較聰明。」

「他們似乎對她有某種奇怪的影響力。」我說。「難道他們已經對她下手了？」

「我不知道。」伊恩說。「卡文迪旭夫婦跟洛絲密會的時候不准其他人打擾。不過不可否認的是，自從洛絲住進卡里班的洞之後，她整個人就經歷了很大的改變。你認爲這些自殺事件是因爲卡文迪旭夫婦對洛絲施展魔法而造成的嗎？」

「有可能。」我說。

「好吧。」伊恩說。「如果我傳了信息，並且將她帶出卡里班的洞，你想要在哪裡見面？一定要是安全的地方，一個不會讓她感到害怕，也沒有人會注意到她的地方。你也知道，她現在名氣不小。」

「我知道該怎麼樣讓名人變得毫不顯眼。」死亡男孩道。「只要把她藏在一群名人之間就好了。叫洛欣格爾去『女伶！』找我們。」

□

「女伶！」是上城區中名氣最大，也是最惡名昭彰的一家夜店。在那裡，你可以欣賞娛樂史上所有著名女性歌手的表演。當然，這些歌手全都不是本人，甚至不是女人。他們全部都是喜歡打扮成女性偶像的男性變裝癖。然而專業水準的造型與化妝，配合上頂尖的幻術加持，使得這些變裝癖能將個人偏執昇華到更高境界，甚至以魔法在自己與偶像之間建立連結，進而將對方的個性、生活習慣等小細節也都模仿得維妙維肖。不論已經死去還是依然在世的，歷史上所有偉大的女歌星通通出現在「女伶！」表演，至少外表看來是這樣的。

死亡男孩顯然不是第一次來了。守門的人員打開店門深深鞠躬歡迎我們的到來，沒有質疑會員資格，甚至沒有檢查門票。保管衣物的女孩扮演的是六〇年代巨星希莉亞．布萊克，從她對死亡男孩拋出的媚眼判斷，他顯然是這裡的常客。希莉亞完全忽視我的存在，不過我絲毫不以爲意。死亡男孩是夜城的知名人士，而我則算是所謂的反知名人士。我們走進夜店主廳，觸目所及都是鮮花、絲綢，以及亮麗的燈光效果。裝飾擺設充滿了藝術氣息，到處都是難以想像的流行品味。天花板上掛滿了吊燈跟迪斯可閃光球。

餐廳內坐滿了人，整體氣氛非常吵雜。基本上「女伶！」是個永不安寧的地方。我們跟在一個女服務生後面沿著坐滿客人的桌椅向裡面擠去。今晚所有的女服務生都打扮成麗莎．明妮莉在《酒店》裡面的造型。我們在角落的一張桌子旁坐下，然後跟麗莎點了一杯超貴的可樂。跟往常一樣，我必須附註：「不，我不要健怡可樂！我要眞的可樂！男人的可樂！還有我不要吸管！」死亡男孩點了一瓶琴酒外加一根店裡最高級的雪茄。我在收支帳本上記下了可樂的價錢。在夜城如果沒有記帳習慣，那就隨時必須面對破產的可能。

「如果洛欣格爾沒來呢？」死亡男孩問。他必須提高音量，不然根本蓋不過周遭的噪音。「要是她出不來呢？」

「那就到時候再想辦法。」我說。「輕鬆點，欣賞表演，這裡可花了我們不少錢呀。」

「什麼叫花了『我們』不少錢？」

這時在舞台上合唱著「我跟他很熟」的是伊蓮跟芭芭拉。不少其他著名的女歌手在觀眾之間遊走，跟客人聊著八卦，藉以增加自己的曝光度。裡面有瑪莉蓮跟杜莉，還有芭芭拉跟妲絲蒂。伊蓮以及芭芭拉一曲終了，緊接著上台的是妮可，在手風琴的伴奏之下，以憂傷的歌聲及造型爲大家帶來一首「上海百合」。我很怕她再接一首門戶合唱團的「結尾」，因爲一次聽太多存在主義的歌對我的雙耳而言是一種無比的折磨。

幾張桌子之外有兩名茱蒂正在拉扯對方的假髮大打出手。旁觀眾人一面鼓譟一面下注賭輸贏。

便在此時，伊恩．阿格牽著洛欣格爾的手走了進來。「女伶！」裡面沒有任何人注意到他們的出現，因爲大家都認定她只是另一個變裝癖假扮的，雖然她看起來比其他女歌手眞實一點。伊恩帶著她來到我們桌前，爲她拉開椅子，幫她介紹死亡男孩，然後很有禮貌但是很堅持地拒絕跟我們同桌。

「我不能留在這裡。我一定要回去。店裡還有很多事要忙，我可不希望讓人找不到我。」

「帶洛絲出來有遇上麻煩嗎？」我問。

「一點也沒有。我只是告訴保鏢在店裡看到約翰．泰勒，他們就馬上跑去找你，我們也就大搖大擺地走了出來。聽著，我眞的得回去了。洛絲，記得再一個小時就要上台囉。」

他在洛欣格爾的臉頰上親了一下，然後就離開了。服務生麗莎走來等待洛欣格爾點餐。我看著洛欣格爾研究酒類菜單，發現她跟之前不太一樣。儘管臉色一樣蒼白，秀髮一樣烏黑，身上穿的也還是之前的黑禮服，不過她看起來就是比較敏銳、比較開心、也比較專注。她抬頭發現我在看，於是張開嘴巴開心地笑了笑。

「啊，約翰，能出來透透氣感覺眞好。你知道我想幹嘛嗎？我想要點五杯威士忌沙瓦。我要把它們在我面前排成一排，讓我可以一邊喝一邊看。在卡里班的洞，卡文迪旭夫婦根本不准我喝酒。奇怪的是，我也根本不會想喝。我每天只吃他們拿來的減肥餐，從來都不抱怨，一點都不像我。蛋糕！我要吃蛋糕！給我一個最大、最濃的巧克力蛋糕，加一根大湯匙！我要所有有害健康的東西，現在就要！」

服務生愉快地叫道：「說得好，姊妹！」

我跟服務生點了洛欣格爾要的東西，麗莎點完後立刻走開。洛欣格爾看起來十分開心。

「卡文迪旭夫婦管得很嚴，很多事情都不准我做。他們根本不像是我的經紀人，反而更像是我老媽。」

「不過他們倒是沒有要妳戒菸。」我說。

她大笑一聲：「他們敢就試試看。」接著突然斂起笑容，神情嚴肅地對我道：「伊恩說你爲了幫我而去找過不少人，也發現了席維雅・辛恩的下落。我記得當年所有音樂雜誌的封面都是她的照片，可是突然之間她就消失了。究竟出了什麼事，約翰？卡文迪旭夫婦對她做了什麼？」

我過濾掉一些噁心的細節，把席維雅・辛恩的事情全盤托出。死亡男孩瞪了我幾眼，知道我是爲了嚇她才說得這麼仔細，不過他沒有多說什麼，只是默默地喝著琴酒，吃著雪茄。等我說完之後，洛絲才長長地嘆了一口氣。

「眞沒想到。那個可憐的女人。這一切都是卡文迪旭夫婦下的毒手？」

「他們多半是另外找人做的。」我說。「他們可曾……對妳做什麼奇怪的舉動？」

「不，從來沒有。」洛欣格爾很肯定地說。「我不准他們對我施法。我的成功不需要那種東西的幫助。我是個歌手，要成名只需要我的歌曲跟歌聲就夠了。」她突然皺了皺眉頭，又道：「不過話說回來……自從我住進卡里班的洞之後，一切就開始改變了。現在我創作的歌曲都是悲傷的曲調，而我的記憶中開始出現奇怪的斷層。我隨時都感到疲憊跟寒冷，當卡文迪旭夫婦出現的時候……我表現得就一點也不像自己。會不會他們沒有經過我的允許就擅自對我施了某種魔法？」

「有可能。」我小心地說道。「他們可能做了些什麼，之後再強迫妳忘掉。卡文迪旭夫婦在我的印象中並沒有什麼道德觀念。」

服務生端了五杯威士忌沙瓦過來，在洛欣格爾面前排成一排。洛欣格爾很開心地歡呼一聲，立刻拿起兩個杯子往嘴裡就灌。放下杯子之後，她重重地喘了一會兒氣，然後咯咯嬌笑，有如做了壞事的淘氣小孩一般。「沒錯！喔，沒錯！就是這種感覺！」她對我笑了笑，散發出無比的魅力，接著又看向死亡男孩，說道：「那麼，死亡到底是什麼感覺？」

「別告訴她！」我立刻叫道，然後滿懷歉意地對著嚇了一跳的洛欣格爾說：「很不好意思，只是有些問題不知道答案比較好，尤其是跟他有關的問題。」

「就像是他爲什麼在吃雪茄，而不是用抽的？」

「沒錯。」

她又對我笑了笑。如今她的笑容親切又溫暖，跟之前那種遙不可及的冰冷笑容判若兩人。「印象中你也常常喜歡迴避問題呀，神秘先生。」三杯威士忌沙瓦下肚之後，她的法國腔調逐漸變得明顯，彷彿她一身活力終於都回到體內了一樣。她若有所思地看著我道：「你不會眞的認爲卡文迪旭夫婦會傷害我吧？我是說，他們還要靠我賺進大筆鈔票呢。」

「或許之前他們也以爲是在幫助席維雅。」我說。「不管怎麼說，我們都不能漠視自殺事件，洛絲。這件事一定和卡文迪旭夫婦有關。我不相信他們，妳也不應該相信他們。只要妳一句話，我跟死亡男孩這就帶妳離開這個是非地。我們會找地方讓妳躲一陣子，再僱用幾個律師仔細研究妳跟他們之間的合約，順便找些專家確定妳身上有沒有被人施法。不用擔心，我能擔保妳的安全，我認識不少絕對願意當妳保鏢的人，或許他們不是什麼好人，不過……」

「不，」洛欣格爾的聲音很輕，不過語氣十分堅決。「我很感謝你的幫助。我心領了，只不過……」

「只不過？」

「這是我等待已久的機會，要成名就靠這一次了。沒有人擁有卡文迪旭夫婦那麼寬廣的人脈，他們的確有辦法幫我弄到大型唱片公司的合約。我不能走，我一定要唱下去。我一輩子就等這一天，我只關心這一天。我絕不能在這個時候放棄，至少不能只因爲你的猜測就放棄。你沒有任何實質證據證明是卡文迪旭夫婦幹的，對不對？」

「沒有。」我說。「但是那些自殺事件……」

她扮了個鬼臉，說道：「相信我，我沒忘。我永遠不會忘記那個可憐人在我面前開槍時的表情。他直視我的眼，臉上卻依然帶著笑容……我不能讓這種事繼續發生。我唱歌是爲了讓人開心的！我喜歡提振人們的心情，安慰他們的心靈，讓大家能夠恢復勇氣再度面對一切……要是卡文迪旭夫婦眞的腐化了我的歌曲、我的嗓音……」她用力搖搖頭。「喔，我不知道！我不知道該怎麼做！」她一把抓起第四杯威士忌沙瓦，眼中露出十分苦惱的神情。

我們好一會兒沒有說話，各自考慮當前的狀況。舞台上，一名惠妮正高聲唱著「我會永遠愛你」。洛欣格爾大聲嗤之以鼻。

「我一直不喜歡這個版本，嗓音太尖銳了。」

「我喜歡桃莉・芭頓的版本。」死亡男孩突然說道。「感覺比較溫馨。」

我看他一眼：「你總是讓人意外，是不是？」

「一點也沒錯。」死亡男孩道。

這時巧克力蛋糕上桌，洛欣格爾立刻把手中的第四杯威士忌沙瓦放到一邊去。這個蛋糕眞的超大，上面還塗滿厚厚一層黑白相間的奶油。洛欣格爾先是「喔！」了一聲，然後再「啊！」一聲，兩眼之中綻放出生命的光輝。她抓起大湯匙毫不猶豫地插入蛋糕之中，接著嘴角就沾滿了巧克力跟奶油。我默默地看著她，心中慢慢浮現一個不祥的念頭。也許眼前這個洛欣格爾之所以跟卡里班的洞裡的洛欣格爾有這麼大的不同，純粹只是因爲她們眞的不是同一個人的緣故？或許眼前這個只是另一個冒牌貨，就跟摧毀夜城時報辦公室的那隻圖爾帕一樣？果眞如此，就可以解釋不少事，包括她爲什麼能夠如此輕易地出來跟我們碰面。

「我去一下廁所。」我說著對死亡男孩使了個眼色。

「很好。」他說。「謝謝你連這種事都跟我們報備。」

「我第一次來這裡。」我說。「麻煩你帶個路吧。」

「我才不需要上廁所。」死亡男孩說。「這是身爲亡者的一項好處。」

我趁洛欣格爾大快朵頤的時候對死亡男孩狠狠一瞪，他這才看懂我的暗示。我們站起身來，對著附近一扇標示「站立式」的門走去。一進去我們就看到一個凱莉撩起裙子站在一座小便池前面撒尿。死亡男孩跟我一邊等她尿完，一邊研究著牆上的販賣機裡賣的是什麼產品。等凱莉出去之後，死亡男孩立刻瞪了我一眼。

「你最好有重要的事，約翰。不然跟你單獨待在廁所可是會嚴重影響我個人聲望的事情。」

「閉嘴聽我說。卡文迪旭夫婦之前派過一個冒牌的洛欣格爾來殺我，一隻脾氣很差的圖爾帕。你有辦法確定外面那個是眞的洛欣格爾嗎？你不是老說亡者的雙眼可以看穿一切？」

「喔，當然。我已經確認過了。」

「結果呢？」

「她是眞的洛欣格爾，不過已經死了。」

我看著他好一會兒，然後問道：「你說她已經怎麼了？」

「她身上沒有靈氣。我一見到她就看出來了。」

「那……那你怎麼不說？」

「她是死是活又不是什麼大不了的事。你的目光不應該如此狹隘呀，約翰。」

「你是說，她跟你一樣，已經死了？」

「喔，跟我不一樣。我本身是個特例。但是她看來也不像是殭屍，只不過沒有靈氣是活不下去的，只要是人就有靈氣。」

「眞的嗎？」我突然感起興趣來了。「我的靈氣長什麼樣子？」

「華而不實。」

「她怎麼會不知道自己死了？」我感到心中燃起一把怒火。「她看起來一點也不像死了的樣子。死人吃巧克力不會有高潮的。」

「『否認可不只是一條河的名字〔註〕』。或許這跟卡文迪旭夫婦對她的控制有關。你要我跟她說明眞相嗎？」

「不，這種事還是跟她熟一點的人來說比較恰當，反正她之前也跟我說過不管眞相爲何，她一定要知道。」我看著地上乾淨的磁磚，又道：「你會怎麼告訴別人自己的死訊？」

「用嘴說呀。畢竟，死亡又不是最悽慘的事。」

「什麼意思？」

死亡男孩故作神秘地道：「相信我，約翰。你不會想要知道的。」

「喔，閉嘴。」

□

等我們回到座位上的時候，洛欣格爾已經吃掉半個蛋糕，而且把剩下的兩杯威士忌沙瓦都喝光了。她一看到我們就開始猛揮手，揮完之後舔起手指上沾到的巧克力，神情興奮無比，嘴角笑個不停。我跟死亡男孩在她對面坐下。

註：否認可不只是一條河的名字（Denial isn't just a river in Egypt），否認（denial）音同（The Nile），這句話是說人們總是自欺欺人。

「我還要酒！」她很愉快地說。「大家都該多喝點酒！你們要不要吃蛋糕？我可以叫他們加把湯匙。不要唷？你們都不知道錯過了什麼耶。有時候吃巧克力可是比做愛還要爽唷，至少比跟某些人做愛爽。你們兩個幹嘛臭著一張臉，難道是在牆上發現自己的電話號碼嗎？」

我深深吸了一口氣，將死亡男孩的發現說給她聽。我儘可能以最直接的方式說完，然後靜靜坐著等待她的反應。她表現得十分冷靜，目光非常沉著，一邊思索一邊舔著湯匙上的巧克力，彷彿是在考慮某件生意上的提案，又好似剛聽說了某位遠房親戚過世的消息一樣。最後她抬頭看我，神色毫不慌張，聲音似乎也不是非常驚訝。

「這就可以解釋很多事情了。」她說。「爲什麼記憶中會有斷層，爲什麼我老是覺得冷，爲什麼在卡文迪旭夫婦身邊我會那麼聽話。一定是他們幹的。以前的我，那個眞實的我，絕對無法容忍他們那種態度的。來這裡讓我有一種自深沉的噩夢中醒來的感覺，因爲我離開了他們的影響範圍。只不過……我永遠不可能從這個夢中醒來了，對不對？我已經死了。」

我想要將她擁入懷中，告訴她一切都會沒事的，只不過我曾答應過永遠不會騙她。她皺起眉頭，咬了咬下唇，看向死亡男孩，最後又看回我身上。

「你們能幫我嗎？至少幫我查出這兩個渾蛋對我做了什麼？」

「我可以試試看。」死亡男孩溫柔地說道。「我可以看出所有活人看不出來的東西。既然妳我都是死人，要在我們之間建立連結應該不難。」他說著一手搭上她的手背，示意我去握他的另外一隻手。我遲疑了一下，然後才照做。因爲之前葛雷的下場一直在我腦中盤旋不去。死亡男孩笑了笑，說道：「別嚇得尿褲子，約翰。我只是要進入洛欣格爾的心裡，找出她死前最後一刻所看到的畫面。我想她的記憶斷層應該是受不了刺激而造成的。只要你們牽著我的手就可以看到我所看到的景象。不過記住，那只是過去的影像，我們無法介入干涉。不管我們多想，過去的事情都是無法改變的。」

我感到他的手掌一緊，接著我們就已經離開原地。不需要藉助任何魔法，也不需要透過什麼神器，我們只是憑藉著一個死了三十年還不肯老老實實躺下的死人的意志就穿梭了時光，回到了過去。如今我們來到卡文迪旭夫婦的辦公室中，也就是我之前被拖進去痛毆的地方。卡文迪旭夫婦此刻正對著怒氣沖沖的洛欣格爾微笑。她顯然在跟他們理論什麼事情，但是他們根本沒有在聽。卡文迪旭太太一面說幾句安慰的言語，一面倒了一杯香檳遞給洛欣格爾。洛欣格爾搶過香檳，一飲而盡，然後將杯子往地上一甩，接著她兩腳一軟，身體也跟著摔倒在地。她口中吐出白沫，身體不停抽動，而卡文迪旭夫婦則一直站在旁邊冷笑，直到她終於停止抽動爲止。接著卡文迪旭夫婦看向躲在角落黑暗之中的一條身影，不過我看不出來那傢伙是誰。

死亡男孩突然放手，我們立刻回到現實之中。洛欣格爾渾身顫抖，不過嘴角堅定地抿成一條直線，竭力克制著自己沸騰的情緒。

「卡文迪旭夫婦對我下毒？」洛欣格爾說。「他們爲什麼要謀害自己的搖錢樹？」

「好問題。」我說。「我認爲這是個應該用強硬的手段當面詢問他們的問題。」

「你可以順便問問他們害死她之後又做了什麼。」死亡男孩看著洛欣格爾說道。「妳跟我曾經見過的各種殭屍都不一樣。我敢肯定妳已經死了，但是妳身上依然殘留著一點生命的氣息。」

「可能卡文迪旭簽了某張類似你的合約？」我說。「以洛欣格爾經紀人的身分幫她代簽的？」

「不可能。」死亡男孩肯定地說道。「這種合約一定要自願簽定才有效，不然就沒有意義了。人不會搞丟自己的靈魂；人只能出賣自己的靈魂。」

「那麼，」我說。「不管是哪種復活法術都必須要眞正的強者才能施展。雖然我沒看清楚，但是可以肯定當時辦公室裡還有另外一個人。據我所知，卡文迪旭旗下的狠角色應該只有惡兆之人一個。雖然他總有一天會成爲跟他父親一樣厲害的強者，但再怎麼說他也不是死靈法師。」

「這一切跟有人聽了我的歌就去自殺有什麼關係？」洛欣格爾的表情依然冷靜，但聲音卻開始有點浮躁了。

「妳進入過死亡境界。」死亡男孩說。「當妳自亡者國度回來的時候，某些東西跟著妳一起回到人世，透過妳的歌聲進入人間，那些人就是因爲這樣而自殺的。」

「他們怎麼可以做出這種事？」洛欣格爾道。「卡文迪旭夫婦怎麼會做這種事？我的歌一直都是很正面、很陽光的，就算描述人世間的憂傷也是一樣。我的歌聲是用來振奮人心，不是用來摧毀他們的。卡文迪旭夫婦奪走了我生命中唯一具有意義的事！」她聽來已經瀕臨崩潰邊緣，但依然憑著堅定的自制力支撐下去。她兩手頂在桌面，緊緊地握著拳頭。「這一切絕對不能繼續下去，我不能任憑別人因我而死。我要找回我的聲音。我要尋回我的生活！」她瞪著死亡男孩，然後又轉到我的身上。「你們能幫我嗎？有人有辦法嗎？」

「我連自己都幫不了。」死亡男孩小聲道。

「不要放棄得太快。」我立刻道。「死亡男孩，你剛剛也說了，她跟一般殭屍不同，我們就來查出她身上究竟發生什麼事吧。有些魔法造成的死亡是可以逆轉的。」

「你以爲卡文迪旭夫婦會坐視不管嗎？」死亡男孩說。

「這事由不得他們。」我的語氣冷到連死亡男孩都不願多聽。

突然之間，我們周遭陷入一片死寂。正在表演的音樂跟歌聲戛然而止，觀眾席間沸沸揚揚的聊天聲響也頓時消失不見。我們看向四周，發現如今餐廳裡所有的女歌手的目光通通集中在我們三人身上。每一個變裝男、每個假扮的名人，如今都以一種充滿敵意的陰森表情瞪著我們。他們滿臉的濃妝開始扭曲，很快被一種非常恐怖的情緒取代，感覺就像是我們突然被一群野狼包圍了一樣。我跟洛欣格爾以及死亡男孩緩緩站起身來，空氣中突然瀰漫了一股殺戮的氣氛。那一瞬間，所有人的臉上同時感染了一種詭異的笑容，笑容中不帶有絲毫幽默。其中一個瑪莉蓮從袖子裡掏出了一把小刀，其他所有女歌手也跟著抄起傢伙，從剃刀到手槍什麼武器通通出籠，還有好幾個人打破酒瓶以碎玻璃瓶對著我們。

「他們被附身了。」死亡男孩低聲道。「我看得出來，他們的靈氣變了。他們本來都跟本身模仿的對象保持某種程度的魔法連結，而如今這些連結都被一種更強大的訊號掩蓋。他們的身體已經被更強大的實體佔據了。」

「會是剛剛的原始之神嗎？」我說。「難道他們找到別的出路來追殺我們？」

「不是。」死亡男孩道。「是人類幹的。」

一名妲絲蒂突然衝上前來，兩眼眨也不眨地盯著洛欣格爾。「我們都是妳的歌迷。我們崇拜妳。我們景仰妳。我們願意爲妳而死。妳不應該出現在這裡的。我們是來帶妳回到屬於妳的地方。」

「眞想不到。」我說。「他們是卡文迪旭辦公室外面的那些小鬼，來自地獄的歌友會。一定是卡文迪旭將他們附到這些歌手的身上，要他們把洛絲帶回去。」

「妳不能待在這裡。」妲絲蒂無視我的存在，繼續對洛欣格爾道。「這些人對妳沒有好處。妳必須跟我們走，回到卡文迪旭夫婦的身邊，他們才能幫妳變成超級巨星。請立刻跟我們走。」

「要是她不走呢？」我問。

妲絲蒂二話不說，舉起小刀就對準我的喉嚨刺來。我向後一縮，險險避開這一刀。其他女歌手登時也拿起武器一擁而上。茱蒂、凱莉、瑪莉蓮、妮可以及布蘭迪，這些假名女人帶著快樂又扭曲的表情，在別人的憤怒與忌妒驅使之下展開攻擊。有人要搶走他們心目中的女神，而他們寧死也不願意看到這種事情發生。對這些人而言，他們是在解救自己的偶像。妲絲蒂再度對我揮刀，我一把抓住他的手腕，扭開他的手指，放脫他的武器，然後一拳把他捶到一邊去。死亡男孩隨手舉起身旁的女歌手向外就丟，彷彿把他們都當作布娃娃一樣。只不過對方人多勢眾，步步進逼，而且手裡都拿著恐怖的武器。一名凱特·布希大叫一聲，手持尖刀對我刺來。我抓起死亡男孩擋在身前，把他當作人肉盾牌，隨即看到那把尖刀狠狠地插入他的胸口，直沒至柄。

「你這渾蛋，泰勒！」死亡男孩大叫，不過叫完跟著又笑了起來。我抬著他的身體左擋右擋，瞬間擋下了好幾下攻擊，死亡男孩不但沒有抵抗，反而像是樂在其中。洛欣格爾在我身旁以各種下流手法對付敵人，不但狠狠地抓著他們頭髮，有機會的時候也會毫不留情地踢向對方下體。我退到牆邊，大聲呼喚洛欣格爾。她摔開一名從後方撲來的妮可，然後掀翻桌子，擋在我們三個人身前。

「我玩膩了。」死亡男孩說。「我可以施展法術瞬間煮熟他們的腦袋。」

「不！」我立刻說道。「不能殺他們！不關這些變裝女伶的事。他們也是受害者。」

「喔，討厭。」死亡男孩說。「又到好人好事的時間了，是不是？」

眾多女歌手突然安靜了下來，在我們面前緩緩聚集，恐嚇性地揮舞著手中的武器。我們暫時不會有事，但是卻被困在這個角落，完全無路可走。要不了多久他們就會推開桌子一擁而上，到時候……我沒有其他選擇，只能將一切訴諸天賦。我集中精神打開心眼，運起天賦的力量找出歌迷藉以控制女歌手的魔法連結。我看到所有女歌手的頭上都有一條閃亮的線條，然後輕易地跟著這些線條找出一切的源頭——一個站在舞台上指揮大局的惠妮。我對死亡男孩比了比那個惠妮，他立刻衝上舞台一拳擊昏對方。惠妮一倒地，所有控制女歌手的光線立刻消失得無影無蹤。

附身魔法失效，攻擊我們的女歌手當場變成一堆東倒西歪的普通變裝男。他們在原地停止動作，神色中充滿了震驚與困惑，紛紛靠在彼此的身上尋求支持與慰藉，因爲被人附身無論對當事者的身心而言都是一種侵犯的行爲。有那麼一會兒，我還眞的以爲已經度過危機了，不過事情並沒有想像中那麼簡單。

突然之間，四周憑空出現了十二條黑暗恐怖的身影，當場將所有變裝男嚇得驚聲尖叫。這些怪物身穿西裝，身材壯碩，臉上完全沒有五官。我使用天賦的頻率太高，太過顯眼，終於在敵人眼前暴露了自己的行蹤，再度引來痛苦使者的追殺。痛苦使者一現身，變裝男爭先恐後地衝往最近的出口，轉眼之間走得一乾二淨。我也想跑，不過已經來不及了。我們被痛苦使者包圍，完全無路可走。它們是死亡與恐懼的化身，力量強大，銳不可擋，具有人類的形體，但是行動卻不受肌肉跟骨骼的限制，帽子底下隱藏的臉孔只是一堆皮膚的延伸，沒有任何五官輪廓。它們沒有雙眼，不過卻看得一清二楚。其中一個舉起手掌，露出指頭頂端套著的皮下注射器。眼看濃稠的綠色液體自針頭上滴下，我的身體忍不住顫抖起來。洛欣格爾緊緊地抓著我的手臂，死亡男孩則首度皺起了眉頭。

「我是不是應該假設此刻我們的處境比剛剛還要糟糕？」

「喔，沒錯。」我說。「這些是痛苦使者。我的敵人派來追殺我的走狗。它們的存在完全是一種概念，並不眞實，所以不會受傷也不會死。我們沒辦法阻止它們。」

「你平常都怎麼對付它們？」洛欣格爾問。

「我拔腿就跑。我這輩子有許多時間都在躲避痛苦使者的追殺。」我再度運起天賦的力量，絕望地想要找出一條出路，但是徒勞無功。附近沒有任何出口，翻倒的桌子根本也阻擋不了它們前進。我們眼睜睜地看著十二名痛苦使者步步逼近，有如癌症一樣殘酷，命運一般無情。就在此時，一條女性的身影突然出現，對著一個痛苦使者死命撲上。他本來是變裝爲凱莉的男子，不過在經歷過剛剛附身之後，所有的裝扮跟氣質都已不復存在，如今只想找個目標發洩滿腔的怒火。他一刀刺進痛苦使者的胸膛，隨即感到對方體內傳來一股強大的吸力，將他的刀跟手都牢牢困在體內。緊接著痛苦使者隨手一揮，凱莉當場粉身碎骨，成爲地板上的一灘血水。

「可惡。」死亡男孩驚道。「眞是慘不忍睹。你知道，這不禁讓我好奇……在有辦法拼湊回原狀的情況下，我的身體究竟可以被人砍成多少塊？」

「別想這種無聊事，幫忙生點辦法出來。」我大聲道。

「男士們，」洛欣格爾說。「沒有時間了。請告訴我你們有對付它們的辦法。」

「我還在等妳想呢。」死亡男孩說。「我只是一具會走路的屍體而已。我所有的把戲在這些怪物面前都沒有用處。你惹上的敵人可眞難纏呀，約翰。」

「好吧。」我嘴乾舌燥地說道。「就這樣了。死亡男孩，帶著洛絲逃走。只要你們不擋路就不會受到攻擊。它們的目標只有我。」

「它們會怎麼對付你？」洛欣格爾問。

「幸運的話，它們會賞我個痛快。」我說。「不過我從來沒有那麼幸運過。痛苦使者是恐懼與絕望的混合體。拜託，你們快走吧。」

「我不能丟下你不管。」死亡男孩說。「我必須行善，記得嗎？現在棄你不顧會抵銷掉我好幾年的善舉。」

「我也不會丟下你。」洛欣格爾說。「你是我擺脫卡文迪旭夫婦的唯一希望。」

「拜託，」我說。「你們不懂。如果你們留下，它們會以殘酷的手段對付你們。

我以前見識過。」

「你會有辦法的，約翰。」洛欣格爾說。「我相信你。」

不過我卻不相信自己。我從來不曾眞的打贏過痛苦使者，每次面對它們我都只有逃命的份。它們簡直就是我心中最深沉的夢魘。最接近的痛苦死者伸出蒼白的手掌抓起擋在我們身前的桌角，輕輕一揮就將整張桌子拋開。死亡男孩向前一站，我則將洛欣格爾拉到身後。就在此時，所有痛苦使者突然停下腳步，轉過空白的面孔，似乎在傾聽著某個只有它們才聽得見的聲音。它們開始顫慄，開始發抖，然後一個接著一個分崩離析，支離破碎，化作無數腐肉跟黏液跌落在地。前一刻還是恐怖至極的十二條痛苦使者，如今卻已經變成緩緩在地上散開的一團爛泥。我跟死亡男孩面面相覷，然後同時轉頭往一陣嘲弄笑聲的方向看去。我們看到西裝筆挺的惡兆之人比利．拉森，出現在大廳另一邊的舞台上，臉上的表情十分得意。他身邊站了兩個殯儀館業者打扮的人，分別是卡文迪旭先生跟卡文迪旭太太。

「我早就說過了，約翰。」惡兆之人道。「我比你想像的要強大多了。我是熵伯爵，是一切事物的剋星，像這種醜陋的怪物根本不是我的對手。現在，你手裡握有不屬於你的東西，我要你立刻交出來。」

「來吧，親愛的洛欣格爾。」卡文迪旭先生說。「演出的時間就要到了。」

「妳也不想演出遲到吧，對不對？」卡文迪旭太太說。

洛欣格爾依然緊緊抓著我的手臂。「我不要跟他們回去。不要讓他們帶走我，約翰。我不能回去過那種半夢半醒的日子，我不要繼續接受他們的控制，變回那個只會微笑點頭，附和他們每一句話的傀儡。我寧死也不要回去。」

「只要妳不想去，沒有人可以強迫妳。」我道。不過這話此刻並沒有什麼說服力，就連我自己都不太相信。我依然震懾於惡兆之人剛剛所展現的力量，無法想像他竟然有能力摧毀痛苦使者。他已經成爲具有支配力量的強者，擁有跟他父親熵伯爵一樣強大的實力，而我只不過是一個凡人，唯一能依靠的只有小小的天賦，以及惡名昭彰的名聲……我抬起頭來，故作神秘地看向比利。

「這也不是我們第一次對立了，比利。退下，不然就讓你嚐嚐我的天賦……」

「你不敢。」惡兆之人面目猙獰地笑道。「你的敵人已經知道你的確實位置，如果你蠢到再度開啓心眼的話，天知道接下來他們會派什麼東西過來？說不定是連我也對付不來的怪物唷。不，此刻你唯一的選擇就是交出那個女孩，然後在敵人再度找上門來之前夾著尾巴趕快離開。」他突然大笑起來。「從此之後，你再也唬不了任何人了。我會大肆宣揚你躲在桌子底下的醜態，並且告訴大家把你嚇得要死要活的怪物如何在我手中變成一灘腐肉。現在，你給我退下，約翰。不然我就用我的力量找出足以令你永不翻身的厄運。」

chapter 9 曙光乍現，終於

最後，我職業生涯中最失敗的一個案子終於走到了這個地步——決戰「女伶！」餐廳。唯一的問題在於，卡文迪旭夫婦手中握有惡兆之人這張超級大王牌。他摧毀痛苦使者之時所展現出來的實力實在令我刮目相看。我從來沒想到這傢伙眞的繼承了如此強大的力量。或許在雇主面前被我羞辱眞的嚴重刺激到他的自尊了吧。總而言之，他一定是受了什麼刺激才激發出了體內的潛能。如今的他全身散發出一股可怕的能量，周遭的空氣都因此而沸騰，許多恐怖的惡兆暗中潛伏，隨時準備爲他人帶來悲慘的命運。

我們兩幫人馬分站兩旁，中間隔了一堆翻倒的桌椅以及痛苦使者的殘骸。卡文迪旭夫婦跟惡兆之人站在大門附近，我、死亡男孩以及洛欣格爾則站在餐廳的角落。好人跟壞人，終於在不可避免的情況之下即將正面衝突。

我目光四下一轉，偷偷尋找著出路。每當需要正面衝突的時候，我總是喜歡先留一條退路以防萬一。

「殺了他們。」卡文迪旭先生冷冷地說道。

「全部殺光。」卡文迪旭太太狠狠地說道。

「不。」惡兆之人說。卡文迪旭夫婦轉頭看他，臉上露出驚訝的神情。他微微一笑，絲毫不爲所動。「我要先讓他們吃點苦頭。」

卡文迪旭夫婦彼此對看一眼，同時開口說話，然後又同時住口。他們打量著惡兆之人，心中明白這段雇主與員工的關係已經出現變化，只是不能肯定變化有多大。

「到舞台上來，全部都上來。」熵伯爵之子，惡兆之人比利．拉森說道。「我要你知道你有多失敗，約翰。我要一步一步解釋給你聽，使你了解自己根本一點機會都沒有。」

「我爲什麼要照你的話做，比利？」我問，心中很想知道他會怎麼回答。

「照我的話做，我就告訴你洛欣格爾身上發生什麼事。」惡兆之人道。

一聽到這句話，我立刻知道自己會屈服，於是乾脆故作鎮定地聳了聳肩，往舞台慢慢走去。我感覺到有壞事要發生了，而且是針對我而來的壞事。死亡男孩和洛欣格爾跟在我身後一同前進。惡兆之人小聲對卡文迪旭夫婦說了一句話，接著他們就一起走上舞台的另一側。所有人都在一定的距離外停下腳步，然後全都將目光轉向惡兆之人，等著看他有何打算。他臉上露出愉快的奸笑，如同一頭兇猛的野獸，耐心地盤算如何玩弄眼前的獵物。

「我們故意讓洛欣格爾離開卡里班的洞，」惡兆之人若無其事地道。「好利用她來找出你的行蹤。我們耐心地等著，終於等到那個自以爲忠心不二的蠢蛋伊恩・阿格跑來傳信。接著卡文迪旭夫婦要我跟蹤洛欣格爾，把一切……處理乾淨，不過我說服他們跟我一起來。我要他們親眼看著你敗在我的手上，約翰，親眼看著我一吋一吋地將你凌遲致死。最近他們已經很少出門了，這點你應該從他們蒼白的臉色就可以看出來，是不是？就連躲在石頭底下蠕動的蟲都沒他們這麼白。他們眞的很不喜歡出現在公共場合，不過因爲我要他們來，所以他們就不得不來。所謂有志者事竟成，這句話眞是至理名言呀。」

「僕人變成主人了。」我看著卡文迪旭夫婦。「這就是所謂養虎爲患。當然，這也不是第一次了。你們還記得席維雅・辛恩，是吧？」

「美麗的女孩。」卡文迪旭先生說。「我一直都說她總有一天會成名的，對不對，卡文迪旭太太？」

「沒錯，卡文迪旭先生。」女的說著向我瞪來。「你最近見過這個可愛的女孩嗎？」

「是的。」我說。「她已經成爲一頭怪物。於是我幫她解脫了。」

「喔，那很好呀。」女的說。「我們也很討厭沒有處理乾淨的事情。至於惡兆之人可是我們最好的朋友呀。我們都爲他感到驕傲，相信有朝一日，他的成就必將無可限量。」

「說得太好了。」男的說。「人們將會推崇他的言論，研究他的行爲。」

「伊恩怎麼了？」洛欣格爾突然問。「你們怎麼對付他的？」

「喔，對了。」惡兆之人說。「我很少理會這種小角色的。這樣說好了……三胞胎現在只剩下雙胞胎啦。」在他的笑聲之中，洛欣格爾傷心地低下頭去。接著惡兆之人看向卡文迪旭夫婦，說道：「告訴他們，把眞相告訴他們。我要在開始折磨他們之前讓他們知道一切，讓他們了解失敗得有多徹底。你們可以從你們的眞實身分開始講起。」

「爲什麼不呢？」男的說。「反正他們也沒機會說給別人聽了。」

「你來說吧，卡文迪旭先生。」女的說。「你用字遣詞的能力無人能及。」

「但是妳講起故事來可比我生動多了呀，卡文迪旭太太。我可不願意看到妳妄自菲薄呢。」

「謝謝你好心地這麼說，親愛的，不過……」

「廢話少說！」惡兆之人叫道。

「我們不像外表看起來這麼年輕。」男的說。「許多年來，我們換過不少名字以及身分，不過最廣爲人知的還是最早使用的化名，也就是十九世紀時著名的『謀殺假面』。」

「沒錯。」女的看到我們臉上的表情，臉上首度露出笑容。「我們就是謀殺假面，老倫敦勢力最強大的黑幫老大，維多利亞時代的犯罪首腦。在那個治安良好的年代，我們犯下無數罪行，嘲笑警察與政客，甚至擊敗了偉大的朱利安·阿德文特。」

「擊敗他的不是我們，是妳呀。」男的說。「全部都是妳的功勞，親愛的。」

「但是沒有你，我一個人也不可能辦到呀，親愛的。我說到哪了？啊，對了，後來我們跟大家一樣受到商業腐化，發現只要手段運用得宜，做生意可比犯罪好賺多了呀。於是我們放下著名的面具，斷絕從前的關係，改名換姓，在商業界重新開始。由於競爭者大都膽小怕事，所以我們的生意成長飛快，沒多久就成爲一家大企業。企業都是永垂不朽的，所以連帶我們也得到了永垂不朽的生命。夜城就是這樣一個無奇不有的地方。只要生意持續成長，我們的力量就越強大；只要生意繼續存在，我們就能永生不死。金錢就是權力，權力就是魔法。當然了，當卡文迪旭地產公司開始走下坡的時候，我們的生存也就開始受到威脅。

「這就是爲什麼我們必須無所不用其極地捍衛我們公司。」男的說。「因爲這關係到我們的性命。」

「你們不過是兩隻禿鷹。」死亡男孩道。「從他人的弱點中獲利，踏著別人的屍體往上爬的禿鷹。」

「最賺錢的生意就是這種呀。」卡文迪旭太太說。「我們生在資本主義的年代，如今成爲資本主義的化身。」

「所以你們必須稱呼彼此爲『先生』、『太太』。」我爲了增加點參與感而說道。「你們換過太多名字，需要隨時提醒自己當前的身分。」

「沒錯。」卡文迪旭先生說。「只不過是廢話。」

「朱利安．阿德文特會查出眞相的。」我說。「他從來不曾忘記你們。」

卡文迪旭夫婦同時笑了出來。「我們也不曾忘記過他。」女的說。「因爲朱利安的傳奇故事有這麼一小段從來不曾披露過的插曲。他的畢生摯愛，將他出賣給謀殺假面的那個女人，其實就是我呀，我永遠都不會忘記摘下面具的那一刻他臉上那種震驚的表情。眞是差點沒把我給笑死。」

「他哭了。」男的說。「他眞的哭了，落下眞心的淚水。不過話說回來，朱利安一直都是個多愁善感的人。」

「但是他又能怪誰呢？」女的說。「他認識我的時候，我只是一個歌舞團裡的舞孃。對他而言，我是個平凡的女孩，有著平凡的嗓音，以及一雙不平凡的美腿，是他自己不由自主地愛上我的。在那個年代裡，紳士總是喜歡舞孃。他帶我進入上層社會的生活圈，提供各式各樣高級的奢侈品，包括一些他不願意提供的東西。他自以爲在拯救我，卻沒有先問我想不想讓他拯救。」

「既然他不能提供我眞正想要的東西，我自然得要找個願意提供的人。於是在某個朱利安舉辦的晚宴裡，我認識了身旁這位大方的紳士，也就是著名的謀殺假面本人。他帶我進入一個用金錢跟快樂所打造出來的全新世界，我立刻深深爲之著迷。於是我也戴上了面具，親身體驗起當一個犯罪首腦的快感，那種感覺遠比乖乖躺在朱利安的懷裡要來得刺激多了。最後，當我一把將他推入時間裂縫的時候，我對他已經完全沒有任何感覺了。」

「告訴他們，」惡兆之人不耐煩地說。「告訴約翰我們對洛欣格爾做了什麼。我想要看他的表情。我要親眼目睹他那無能爲力的表情！」

「我們的洛欣格爾在建立起一點點小小的名氣之後就想要自立門戶。」卡文迪旭先生說。他的語氣很無力，似乎說這些話只是爲了要滿足惡兆之人的要求。「她開始自己跟唱片公司的人接觸，沒有事先諮詢我們的意見。我們在她默默無聞的時候就簽下了她，辛辛苦苦地將她捧紅，而如今只因爲唱片公司的人宣稱我們的合約條件太差，她就想要毀約。那些唱片公司的傢伙跟洛欣格爾保證他們可以用提供更好的條件，而且還會找律師來幫她解決一切跟我們的合約糾紛。於是她跑來找我們，說如果不改善合約條件的話，她就要離開。」

「眞是忘恩負義的女人！」卡文迪旭太太說。「當然，我們不可能允許她這麼做的。我們已經在她身上投資太多錢了，現在正是要開始賺錢的時候，怎麼可能放她離開，是我們發掘她的，是我們一手打造她的，是我們捧紅她的。我們把洛欣格爾改造成極具賣相的商品，當然有權力保護我們的投資。不要以爲你師出有名，泰勒先生。這個不幸的女人根本不需要拯救，畢竟，你要從哪裡把她拯救出來？金錢還是名望？我們保證過會把她捧爲超級巨星，我們不會食言的。不管怎麼說，她是我們的財產，誰都別想奪走她。」

「那選擇的自由呢？」我說。

「那跟這有什麼關係？」卡文迪旭先生道。「我們在談生意。當洛欣格爾跟我們簽約的時候，她就已經拋棄那種無關緊要的東西了。洛欣格爾是卡文迪旭地產公司的財產。」

「這就是你們謀殺她的原因？」死亡男孩說。「因爲她想要脫離你們的掌握？」

面對這樣的指控，卡文迪旭不但沒有露出驚訝的神情，反而還有點洋洋自得。

「我們也不算眞的殺死她。」女的說。

「至少還沒死透。」男的說。

「她沒有完全死掉。」女的說。「我們下的毒只不過將她帶到死亡邊緣，然後再由惡兆之人出手干涉，於命運之中找出百萬分之一的機會，讓她停留在死亡的大門之外，形成一個長期瀕臨死亡的經驗。當她終於從死亡的門外回到人世的時候，腦中已經被之前看到的景象嚇壞。她的意志跟生氣都退化到十分軟弱的地步，於是只好接納我們，把我們當成養父母一樣看待。當然了，在那之後我們必須將她隔離，以免有其他不好的影響力介入她的腦中。不過即便如此，她還是偶爾會顯露一些反抗的意圖……或許我們必須從頭再來一次，以確保她的心智能夠合乎我們的期許。」

「渾蛋！」洛欣格爾叫道。

「喔，安靜，孩子。」男的說。「妳們這些藝術家從來不懂得什麼對自己才是最好的。」

「最棒的部分，」惡兆之人愉快地道。「最棒的部分就是她之所以能夠在死亡邊緣遊走全都是因爲我的緣故。因爲我的魔法、我的力量，所以她才能夠活到現在。她的生命已經跟我緊緊連結在一起。如果你攻擊我，約翰，如果你殺了我，就等於親手把她送往地獄，永遠永遠都不可能再回來了。所以你現在沒有任何立場可以威脅我。」

「或許你說得沒錯。」死亡男孩輕輕地道。「但是你要拿什麼來威脅我？我才剛認識這個女孩，她是死是活根本不關我的事。倒是你，你竟敢在我擅長的領域裡亂搞！我可不能忍受這種事。我想我該殺了你，比利男孩。」

「不准那樣叫我！我的名字不再是比利了！我是……」

「你是個跟以前一樣討人厭的小鬼，比利。」

「我要……」

「你要怎樣？殺了我？我已經死過了，也去地獄逛過了，還順手偷了件T恤回來。你的力量還不足以撕毀我的合約。」

「或許沒錯。」惡兆之人突然恢復之前的微笑。我感到十分不安，因爲我不喜歡他那種笑容。惡兆之人向前跨出一步，直視死亡男孩的雙眼道：「這麼多年來，你把自己的身體拼湊得很好。雖然受過很多傷，但是你總是有辦法用強力膠跟膠帶把自己黏回去，不過……要是這些東西其實都不夠黏怎麼辦？要是你的修補全都……無效，該怎麼辦？」

他伸手憑空一砍，死亡男孩的身體當場爆裂。他用來固定背脊的黑膠帶突然鬆脫，導致背部向上拱起。身上的縫線跟釘書針全數崩開，無聲地散落在舞台之上。就連他身上的衣服也變得殘破不堪。沒有任何血液流出，沒有任何液體濺灑，但是那一瞬間，死亡男孩慘白的皮膚上所有傷口通通爆裂開來。他兩腳一軟，當場摔倒在舞台之上，粉灰色的內臟登時從腹部的傷口灑落一地。其中一隻手掌整個斷掉，不過掌上的手指卻依然還在抽動。死亡男孩躺在地上動彈不得，許多傷口都像花朵綻放一般慢慢越裂越大。我從來不知道他曾經受過這麼多傷。洛欣格爾緊緊地抓著我的手臂，不過卻忍住沒有叫出聲來。我站在原地什麼也沒做，因爲我根本想不出任何辦法能夠幫助我的朋友。

「熵，」惡兆之人得意洋洋地說。「意指凡事都沒有絕對。看看你這德行，死亡男孩，囂張不起來了吧，是不是？你還有痛苦的感覺嗎？我眞希望你有。你所簽的合約條件一定很寬，不然絕不可能承受這麼多傷害……只不過，這對你來說也未必算是什麼好事了。我看呀，卡文迪旭先生太太，這份榮幸應該讓給你們兩位，送他上路吧。我可不想讓人家說我一個人獨享樂趣。」

卡文迪旭夫婦交換一個神色，默默地嘆了口氣，然後向前走到惡兆之人的身邊。他們站在死亡男孩身前，皺起眉頭看著他如此固執存在的軀體。

「我們可以把他丟到焚化爐裡。」卡文迪旭先生說道。

「沒有錯。」卡文迪旭太太說。「我特別喜歡在對方還活著的時候把人丟進焚化爐。」

「不過這傢伙還是盡快解決比較好。」男的說。「像死亡男孩這種強者常常有辦法找到機會逃出生天。」

「我們之所以能在夜城生存這麼久，就是因爲我們懂得不去承擔不必要的風險，卡文迪旭先生。」

「說的一點也不錯，親愛的。」

他們同時從衣服底下的槍套裡拿出一把手槍，對著死亡男孩的心臟跟前額各自開了一槍。他在地上痙攣幾下，腦後流出一灘紅灰色的腦漿，接著兩眼完全失去神采，攤在地上再也不動了。卡文迪旭夫婦轉頭對我看來，我對他們冷笑了一聲。

「你們槍裡已經沒子彈了，渾蛋。」

卡文迪旭夫婦扣了幾下扳機，槍口卻沒有冒出任何火花。他們同時聳了聳肩，然後退回去站在惡兆之人身旁。

「我們喜歡假手他人。」男的說。

「你一直想對付他，親愛的比利。」女的說。「他是你的了。」

惡兆之人踏出一步，臉上帶著自大的笑容，好整以暇地享受這一刻。「你還暗藏了不少小把戲，是吧，約翰？不過，你從來都是靠著這些小把戲騙吃騙喝。你那個寶貴的天賦根本不算什麼，跟我的力量完全沒得比。我會殺了你，然後把洛辛格爾帶回屬於她的地方，而你根本沒有辦法阻止我。我要怎麼殺你呢，約翰？我想想……讓體內潛伏的癌症發作？所有關節的關節炎同時爆發？讓細菌跟病毒去煮沸你的血液……或許以上所有情況一次發生應該也很有趣。說不定你會跟死亡男孩一樣全身一起炸開！又或許……我該找出百萬分之一的機會讓你出生的時候就是個長相恐怖的畸形兒，然後讓你一輩子畸形下去，讓所有人都了解惹火了惡兆之人會是什麼下場。」

他做得到。他擁有口中宣稱的那種力量，而我卻連唯一能夠憑藉的天賦都不敢使用。我的敵人已經確認我的位置，如果在這個時候打開心眼，他們就可以直接攻擊我的內心，瞬間控制我的心智跟靈魂，到時候……就會有很多比死還要痛苦的事情等待著我了。但是如果不用天賦，我就根本不可能阻止惡兆之人、拯救洛欣格爾。我只能靠……靠我自己了。我大笑一聲，當場把惡兆之人嚇了一跳。

「比利呀，比利。」我以十分親切的語氣說道。「你從來不曾了解過魔法的本質。魔法強弱不在於我們擁有的力量或是繼承而來的天賦，而是在於意志與決心，以及兩者之後所憑藉的心智與靈魂。」

我狠狠地瞪著惡兆之人，他在我的目光之下一動也不敢動。那一刻裡，整個世界彷彿只剩下我們兩個人面對面，以意志力彼此抗衡。我們站在明亮的心靈舞台上，一層一層地扒開對方的心靈防禦，挖出深埋其中的眞實自我。儘管比利擁有強大的力量，儘管他能做出許多恐怖的事情，但是在我的目光凝視之下，他畢竟還是先低頭了。他讓我瞪得呼吸急促、臉色蒼白、冷汗直流，甚至站立不穩，向後退出好幾步。

「你到底是什麼人？」他低聲道。「你是什麼怪物？你根本不是人……」

「他比你像人多了，你這小變態。」洛欣格爾說著從我旁邊走過，來到惡兆之人面前，對準他的腦袋大聲唱起歌來。她的歌聲強而有力，有如一把瞄準惡兆之人的武器一般。我迅速向後退開，伸出手掌摀住雙耳。站在惡兆之人身後的卡文迪旭夫婦也跟我一樣摀著耳朵向旁邊撤退。洛欣格爾在惡兆之人面前高聲歌唱，唱出一首悲傷的歌曲，一首關於逝去的愛情、死去的情人以及心靈的背叛的歌曲。她就在他的面前唱著，而他則完全無法抗拒，不能轉頭，不能後退，有如一條大蛇嘴中的老鼠，好比已被釣竿擄獲的鮮魚。她將他緊緊地固定在眼前，用歌聲侵犯他的心智，腐化他的天賦。他曾經加諸在她身上的所有折磨，此刻都被原封不動地全數奉還。她的歌聲之中彷彿唱出了他一生的寫照。可憐的小比利．拉森，本來有機會成爲跟自己父親一樣偉大的強者，但是終其一生都只是個一事無成的小惡棍。

卡文迪旭夫婦躲到最遠的角落裡緊緊擁抱著彼此。我兩手用力壓著耳朵，腦袋幾乎爆炸開來。儘管如此，我依然可以感受到歌聲中的魔力滲入體內，似乎要將我的心臟扯出體外。我痛哭失聲，淚流滿面。就在此時，比利．拉森終於被迫面對現實，嘴裡說道：「爹地，我只是想要你以我爲榮而已……」然後整個身體消失不見。風聲急竄，迅速填滿了比利身體消失處的空間。比利將他的力量施展在自己身上，選擇了那百萬分之一的機會，終於讓自己從來不曾出生在這個世界上。

洛欣格爾停止歌唱，然而繞樑的餘音依然震動著四周空氣。她身體一晃，隨即往地上癱去。我在她倒地之前扶住了她，不過卻失去平衡，跟她一同摔倒在地。我於舞台上坐起，將她摟在自己懷裡，這才發現她已然氣若游絲，即將不久人世。她的呼吸越來越微弱，心跳也越來越緩慢。這些日子全仗著惡兆之人的力量她才能在死亡的門前徘徊不去，如今惡兆之人一死，延遲許久的命運終於前來索命。她的生命力迅速流瀉離體，彷彿有人拔開了一個生命的龍頭。我緊緊將她摟在懷中，企圖用意志力阻止她的死去，但是徒勞無功。

「我保證過會救妳的。」我語氣麻木地說道。

「你保證要幫我查出眞相。」洛欣格爾緩緩移動蒼白的雙唇說道。「對我來說，這樣就夠了。即使是全能的約翰·泰勒也沒有辦法做到所有保證過的事。」

就這樣，她死了。不再說話，不再呼吸，所有生命通通離體而去。我依然呆呆地摟著她，不停地輕晃著她的身體，不停地安慰她。

「喔，天呀。」卡文迪旭先生說。「眞可惜。這下我們必須另外找個歌手重新來過了。」

「不要介意，卡文迪旭先生。」女的說。「第三次總是比較幸運的。」

我轉頭面對他們，眼神中充滿憤怒的火光。他們開始重新裝填子彈，只可惜由於手抖得厲害，所以遲遲裝不進去。就在此時，死亡男孩說話了。他的肺所剩不多，只能發出十分微弱的聲音，幸虧大廳之中十分安靜，所以他的話還是清清楚楚地傳入我的耳中。

「還沒結束呢。」他兩眼無神地看著天花板說道。「洛欣格爾死了，不過靈魂還沒到達地獄。還有時間，約翰。只要你有勇氣跟意志，我們就還有時間可以救她。」

「你怎麼可能還沒掛？」我說，語氣依然十分呆滯。「你有一半以上的內臟丟在外面，而且連腦漿都被人打出來了。」

他頑皮地笑了一聲，聽在耳裡有說不出的詭異。「我的身體已經死了很多年，根本不需要裡面的器官。那些東西對我來說一點用處都沒有。這具身體只是我行走世間的一個形體，一個給我生命假象的象徵，就跟我喜歡吃吃喝喝一樣，一切都只是爲了讓我有活著的感覺。你還有機會拯救洛欣格爾，約翰。我可以用你的生命力量施展一道法術，讓我們靈魂出竅，進入黑暗的國度，前往生死的邊境。我死而復生的時候，死亡大門就爲我留下了一條裂縫。我可以透過這條裂縫去找她，但眞要把她帶回活人的世界還是得靠活人才能辦到。我不會騙你，約翰。要這麼做你就必須有死亡的覺悟。一旦穿越死亡之門，我們都有可能回不來。不過只要你願意嘗試，只要你願意拿自己的性命當作最後的賭注，我保證我們絕對有機會成功。」

「你眞的辦得到？」我問。

「我說過了，」死亡男孩道。「我了解所有跟死亡有關的事情。」

「啊，管他的。」我說。「我從來不讓客戶失望。」

「這種想法會害死你的。」死亡男孩說。

「要是卡文迪旭夫婦趁我們出竅的時候攻擊我們呢？要是他們摧毀我們的身體，讓我們回不來怎麼辦？」

「只要回得來的話，我們就會在出竅的同一時間回來，不然就永遠回不來了。」

「動手吧。」我說。

死亡男孩施展法術，我們兩個當場死亡。

運用我此生所剩的壽命，死亡男孩帶著我進入了黑暗國度。有生以來第一次，我見識到一個比夜城還要黑暗的世界。在這永恆的黑暗之中，就連一絲星星與月亮的光芒都看不到。這裡是最寒冷的牢房，最深邃的墮落。這裡是一片虛無，除了死亡男孩跟我之外一無所有。我只是一種沒有形體的存在，一種沒有聲音的尖叫，若不是心知死亡男孩就在身邊，我絕對沒有辦法保持冷靜。我們沒有發出任何聲音，也聽不到對方的言語，不過我們依然能夠彼此交談。

「這裡一片虛無，什麼都沒有……」

「其實是有東西的，約翰，只不過你才剛死不久，還不懂得欣賞這個世界的東西。算你好運。」

「洛絲在哪？」

「把這股黑暗想像成一條通道，一條通往光明的通道。走這裡……」

「好……你怎麼能在一片虛無裡面辨識方向？」

「哪來那麼多問題，約翰？你不會喜歡這些答案的啦，跟我來。」

「你曾經到過這裡。」

「部分的我從來不曾離開過這裡。」

「這樣講會讓我好過點嗎？你這傢伙真的讓人毛骨悚然，知道嗎？」

「你一點也不瞭解我，約翰。往這走……」

於是我們對著另外一個方向墜落。把黑暗想像成一條通往某處的通道的確有點幫助。我很肯定我們正對著某個地方墜去，只不過因爲沒有可供參考的地標，根本無法判定我們的速度跟距離。照理說我應該感到害怕，但是我的情緒已經開始消逝，就連思想也開始變得模糊，似乎這個地方完全容不下這種屬於活人的東西一樣。就在此時，我感到前方出現某樣東西，某樣很特殊的東西，呼喚著我的姓名。我看見一點些微的光輝，有如七色虹彩融爲一體，漸漸綻放出耀眼的光芒，散發出舒適宜人的暖意，好似黑夜中的一座燈塔，爲迷途的靈魂指引一條回家的路。接著我感到身邊出現另外一道存在，終於找到了洛欣格爾。

「你們是天使嗎？」

「差遠了，洛絲。我想天使已經不願意理我了。我是約翰，跟死亡男孩一起來帶妳回家的。」

「但是我可以聽見音樂，好美妙的音樂。我希望能夠永遠徜徉在這些旋律之中。」

對她而言是音樂，對我而言則是光芒。那光芒就像是在一段漫長的旅途之後終於見到家庭的溫暖；又好比一整天的辛勞過後終於能夠放下一切徹底休息。一天結束了，最後，該回家了。

「喔，約翰，我並不想回去。」

「我知道，洛絲，我也有這種感覺。就像是……我們一直都在玩一場遊戲，而如今遊戲結束了，我們也該回到屬於自己的地方了……」

我牽起了她的手，然後一同奔向光芒跟音樂的所在。不過死亡男孩早就等在那裡，毫不猶豫地抓起我們的手，硬生生地將我們拖離了死亡國度，回到活人的世界，我們的身體之中，所有的煩惱裡。

□

我突然坐起身來，貪婪地吸著空氣，彷彿在水中窒息了很長一段時間一樣。光明再度盈滿四周，心中浮現一片清明，一股從來不曾感到過的旺盛活力襲體而來。萬千種感覺同時滲入我的皮膚，無數的聲音也在剎那間鑽入耳裡。洛欣格爾在此時醒來，興奮地撲入我的懷中，彼此緊緊地擁抱了好長一段時間，幾乎再也不願意放手。不過最後我們還是放開雙手，站起身來。我們回到了眞實世界裡，再度擁有所有活人該有的情緒與煩惱。死亡男孩站在我們身前，身上所有的傷口通通恢復原狀，唯一的不同在於如今他的額頭上多了一個超酷的彈孔。

「早說了我瞭解死亡的一切。」他得意洋洋地說。「喔，對了，我用你的生命能源修補惡兆之人對我造成的傷害，約翰。我想你不會介意的。相信我，對你沒多大的影響。」

我瞪了他一眼。「下一次請先問過我。」

死亡男孩揚眉道：「我強烈希望不會再有下一次了。」

「剛剛這個把戲到底用掉了我多少生命能源？」

「出乎意料之外的少，你可比外表看來強大太多了，約翰。眞的，你的潛力無止無盡。」

「你們死了！」卡文迪旭先生語帶哭音地叫道。「你們明明都死了，現在卻又全部活了過來！實在太不公平了！」

「夜城就是這麼麻煩。」卡文迪旭太太氣道。「死人都不肯乖乖待在地底下。下次記得要帶顆燒夷彈出門。」

「說得對，卡文迪旭太太。不管怎樣，他們剛復活，身體顯然比先前虛弱許多。我想還是老方法最可靠，請他們的腦袋吃子彈吧。這一次，要他們多吃幾顆。」

「一點也不錯，卡文迪旭先生。既然我們得不到洛欣格爾，那麼別人也別想得到。」

他們將槍口指向洛欣格爾。我搶上一步擋在中間，但是卻沒有能力做任何事。來回死亡國度一趟已經掏空了我體內所有力量，暫時我是無能為力了。我看向死亡男孩，不過他也只能聳聳肩。

「抱歉，我也精疲力竭了。洛欣格爾，妳還能唱歌嗎？」

「親愛的，我現在說話都有困難。不過我想一定會有辦法的！」

「喔，閉上嘴巴去死吧！」卡文迪旭太太說。

他們兩人高舉槍口，不急不徐地向我們走來，慢慢享受著敵人臉上無助的神情。他們將會開槍，但我卻沒有任何魔法能夠阻止他們。不過話說回來，我從來都不是個依賴魔法度過危難的人。在夜城打滾這麼多年，我仰賴的一向都是機智跟反應。我靜靜地等待卡文迪旭夫婦來到面前，然後從身上掏出一把胡椒灑到他們得意洋洋的臉上。胡椒一入眼中，登時痛得他們大吼大叫。我趁機擊落他們的手槍，順勢再往他們後腦揮出兩拳。接著死亡男孩又將他們踢倒在舞台上。他們依靠著彼此，四隻手還一直捂著盈滿淚水的雙眼。

「調味料。」我輕鬆地說道。「出門可不要忘了帶點在身上。等當權者的人趕來的時候，我還會在你們的傷口上灑點鹽巴。」

就在這個時候，舞台側翼飛出來一個渾身鮮血的戰鬥法師，頭下腳上重重地在舞台上一撞，發出如雷似的聲響。緊接著又有兩名戰鬥法師從側翼中退上舞台，手上急速比劃著魔法符號，在身前爆出一道道防禦法術的光芒。只可惜他們的對手，偉大的維多利亞冒險家朱利安．阿德文特，可比他們厲害太多了。就看他全身圍繞在強大的能量之下，「碰」地一聲跳上舞台，一邊以高超的技巧閃躲著對方的魔法，一邊以驚人速度揮出猛烈的拳頭。他的動作快到肉眼難見，姿態優雅無匹，臉上始終保持自信的微笑，輕輕鬆鬆就解決了兩名力量強大的戰鬥法師。

儘管經歷了三十年的主編生涯，這傢伙依然寶刀未老。

最後他站在三名昏迷不醒的戰鬥法師身前，臉不紅氣不喘地接受我們的掌聲。眞的，沒有人能夠目睹他的身手而不鼓掌的。朱利安．阿德文特就跟傳說中一模一樣，一點也不誇張。他看看一敗塗地的卡文迪旭夫婦，然後對我笑了笑。

「看來是我多事了。幹得好，約翰。我們還怕來遲了呢。」

我還沒來得及問他「我們」指的是誰，心中就已經浮現了一股不祥的預感。在看到渥克從側翼內走出之後，我滿腦子就只剩下：「喔，狗屎，這下麻煩大啦。」

渥克看著哭泣的卡文迪旭夫婦，臉上的神情就跟往常一樣讓人無法猜透。渥克，身穿西裝，頭戴圓帽，身爲當權者的代表，乃是夜城之中最危險的人物之一。他被賦予凌駕夜城中所有人事物的無上權力——如果你夠聰明的話，就不要去問這權力究竟是由誰賦予的。總之，要不是因爲我實在精疲力竭了的話，我早就已經逃之夭夭了。

卡文迪旭夫婦知道朱利安來了，於是努力站起身來大膽地面對他。他凝視著他們兩人好一會兒，臉上的笑容逐漸消失，眼神讓一種冷酷的神情取代。

「我一直知道你們的身分。」他終於開口道。「惡名昭彰的謀殺假面，至今依然作惡多端，依然沒有受到制裁。只可惜我一直沒有證據，直到現在。」他看向我。「我知道如果有人能夠擊倒他們的話，那一定就是你了，約翰。因爲你是唯一蠢到膽敢對抗他們的人。於是在你來找我之後，我就去找渥克，然後和他一起跟蹤你。當然，我們離你很遠就是了。剛剛卡文迪旭夫婦坦承罪行的時候，我們在幕後都聽到了。不過我聽得太專心了，差點沒注意到這幾個戰鬥法師的偷襲。我早該料到卡文迪旭夫婦不會只帶這幾個人來的。」

「我的話就代表當權者的話，」渥克對卡文迪旭夫婦說道。「照我說，你們應該成爲歷史了。」

「一切都是他們起的頭。」朱利安說。「他們爲了得到變身藥水而將我推入時間裂縫，因爲他們想要拿它當商品來賣錢。這就是他們的作風，眞的，他們就是不肯老老實實地賺錢，一定要靠手段行騙，只可惜這對他們一點好處也沒有。因爲直到我瞬間消失到八十年之後，他們才發現我的筆記中沒有記載任何藥水配方。我把一切都記在腦海裡。」

他頓了一會兒，然後直視卡文迪旭太太。儘管淚水依然不止，不過她卻挺直了身體坦然而立。傳說中的維多利亞冒險家與他傳說中逝去的愛人，背叛的人與被背叛的人，終於在一個世紀之後再度碰面。

「愛琳……」

「朱利安。」

「妳一點都沒變。」

「喔，別看我。我糟透了。」

「雖然妳換了名字，換了身分，但是我一直知道是妳。」

「那你爲什麼不來找我？」

「因爲只要刺入心房的利刃夠利，即使再偉大的愛情也有逝去的一天。我知道是妳，但是我沒有證據。妳跟妳丈夫防禦得十分嚴密，我根本沒有機會找妳。久而久之，我也就不再在乎了。那一切都是很久以前的事了，我從來都不是個喜歡活在過去的人。」

她十分震驚地道：「這麼多年了，我們一直在等你找上門來。我們設下無數陷阱，層層防護，東躲西藏，長久以來一直活在恐懼之中，而你竟然一點都不在乎。」

「我必須建立全新的生活，愛琳。而且夜城裡還有很多比你們更邪惡的東西需要處理。」

她偏過頭去。「有時候，我以爲你一直沒有行動是因爲……因爲我的緣故。」

「我的愛很久以前就已經死去。我根本不認識現在的妳了，愛琳。」

「你從來……都不曾認識過我，朱利安。」

卡文迪旭先生衝到自己太太身旁，叫道：「廢話少說！我們都知道你來此的目的！痛痛快快地報你的大仇吧！殺了我們！把一切做個了結！」

「你們也從來不曾了解過我。」朱利安說著望向渥克。「把他們帶走，摧毀他們的生意，拆掉他們的大樓，讓他們失去所有力量，送他們上法庭，剝奪他們一切財產。讓他們成爲默默無聞的小人物，嚐嚐被人剝削的滋味。對這兩個敗類來說，這樣的懲罰應該是再恰當不過的了。」

「我的榮幸。」渥克說著對朱利安點了點頭。「我的手下就快到了。」

朱利安不太放心：「他們認識很多有權有勢的人，知道不少不爲人知的秘密。可別讓他們找到機會開脫。」

「絕對不會的。」渥克說道。「我一直都想找個因頭搞倒他們。他們是麻煩，老是亂來，從來不肯老老實實地做生意，如果放任不管的話，總有一天他們會威脅到當權者的地位。我們可不想見到這種事，是不是？」

他緩緩轉頭面對我。「那麼，約翰，」渥克說。「我找你找得好苦哇。怎麼這麼淘氣呢！不過……不要擔心，幫我抓到這兩條大魚可以彌補你今晚所犯的過錯。不多不少，剛剛好……」

朱利安目光一閃，顯然聞到了一條新聞。「約翰，他到底在說什麼？」

「我哪知道？」我開心地撒謊道。

chapter 10 曲終人散

htingale's Lament Nightingale's Lament Nightingale's Lament Nightingale's Lament Nightingale's Lament Nightingale's Lament Nightir

一個禮拜之後，我來到卡里班的洞欣賞洛欣格爾全新的演出。今晚的門票銷售一空，歌聲掀起一陣旋風，所有觀眾都愛死她了。

過去的一個禮拜裡發生了很多事。卡文迪旭夫婦爲了籌措現金打官司，不得不賣掉卡里班的洞。由於卡文迪旭夫婦勢力不再，越來越多小人物鼓起勇氣出面指控他們的惡行，排山倒海而來的告訴也越積越多。沒多久，控告卡文迪旭就成爲夜城最新流行的一項運動。

洛欣格爾換了新東家。有一群識貨的律師看準機會以合理的條件簽下了她。他們在她身上投資很多錢，打算將她一舉捧紅，聽說目前已經有大牌製作人在幫她灌錄個人首張專輯了。

當晚卡里班的洞熱鬧非凡，聽眾將整個地方擠得水泄不通，盡情地聽歌，忘情地跳舞。如今整體舞台風格沒有之前那麼哥德風，可以說融合了更多的特色。洛欣格爾寫的新歌也越來越迎合大眾口味。我是一個人去的，因爲死亡男孩接了新的案子，朱利安·阿德文特也有稿子要趕。本來我想約秘書凱西同去，不過因爲如今的洛欣格爾已經躋身主流音樂之列，所以凱西就對她失去興趣了；凱西只喜歡非主流的東西。

在兩名伊恩．阿格、一名新的鼓手以及一群全新的合音天使配合之下，洛欣格爾用她清澈動人的嗓音唱出了愛情、光明以及重生，感動了所有在場的聽眾。她歌聲嘹喨、撼動人心，全身上下充滿了朝氣。只不過她還是喜歡抓著麥克風，像根煙囪一樣猛抽著菸。聽眾愛死她了。她在歌迷們如癡如狂的掌聲中加唱了三首歌，而這回完全沒有任何人想要自殺。看到經手的案子有個快樂的結局眞是令人心情愉快。

散場之後，我繞過後台來到她的休息室，想不到竟然在門口看到死亡男孩幫她擔任守衛的工作。他見我走來，臉上有點不好意思。

「原來這就是你的新案子呀。」我說。「難怪你不願意提。當保鏢對你來說有點走回頭路，對吧？」

「這只是臨時的工作。」他很嚴肅地道。「等她跟新的經紀人找到值得信賴的人選就好了。」

「她也可以找我啊。」我說。

「啊，」死亡男孩說：「約翰，其實她很努力地想要忘掉一切。當然這你也不能怪她啦。」

「你額頭上的彈孔怎麼不見了？」我故意換個話題。

「我塡了些油灰進去。」他說。「等我頭髮長出來就不會有人注意到了。」

「後腦上的大洞呢？」

「那就別問了。」

我敲了敲門，然後走入擺滿鮮花的休息室。本來我也該獻花的，不過我從來都不會想到這種事。洛欣格爾正對著鏡子卸妝，看到我進來似乎也沒有特別高興。她很快地跟我擁抱一下，在臉頰旁邊虛吻一個，然後我們面對面坐了下來。她臉色十分紅潤，呼吸依然急促，還沒從剛才的表演中恢復過來。

「謝謝你的幫忙，約翰。我很感激你，眞的。我本來要打電話給你，但是實在太忙了。」

「我剛剛有看妳表演。」我說。「非常精采。」

「眞的很棒，對不對？約翰……請不要誤會，但是我不想再見到你了。」

「我有點迷糊了。」我過了一會兒說道。「爲什麼，洛絲？」

「你讓我想起從前發生的事。」她坦白說道。「我需要繼續我的生活，拋開過去的一切。如今的我經歷過重生，看事情的角度都不一樣了。我爲了唱歌而活，我只想唱歌，也需要唱歌。此刻我的生命中容不下其他的人。特別是你，約翰。我很感激你爲我所做的一切，但是……我需要盡可能地步入正常的生活。我不會待在夜城，這裡只是開啓我歌唱事業的地方。我要去很多很多其他的地方，約翰。」

「我了解。」我道。

「我會爲你寫一首歌的。」

「那很好。」

她轉回頭去繼續卸妝，邊卸邊對鏡子裡的自己扮起鬼臉。「你一直沒告訴我，是誰僱用你來照顧我的？」

「是妳父親。」

她突然看向我道：「約翰，我父親已經去世兩年了。」

她從包包裡拿出一張照片，照片中的人顯然就是去陌生人酒館僱用我的男人——原來雇主是個鬼，不過這種事在夜城裡也不算多大不了的事。洛欣格爾滿心感動。

「他一直都很保護我。」

「看來……」我說。「這次我又收不到錢了。」

我跟洛欣格爾吻別，真心地祝福她好運，然後嘴裡哼起藍調，離開了休息室。

——本書完

夜城系列·下集預告

【魔女回歸】

我名叫約翰·泰勒，在個名為夜城的地方工作。只有在夜城這個時間永遠停留在凌晨三點的倫敦黑暗之心裡，人類與其他非人類生物才能夠任意獵食，滿足心中最深沉的欲望。

我的專長是尋找失蹤的東西，找人、找物都在我的工作範圍之內。而這一次，我要找的是夜城的真相及起源。

這個案子是命運女神委託我調查的。但是隨著我越挖越深入，非但沒有查出與夜城相關的事情，反而一步步接近了我生命中最大的謎團：我消失已久的母親的真實身分。

有錢賺的工作是一回事，私人追求的旅程又是全然不同的另外一回事。特別是我曾經被警告，一旦踏上追尋母親身分的旅程，我很可能會導致夜城以及整個世界的毀滅。

儘管如此，我卻依然不能停止調查尋找失物不但是我的專長，還代表了我個人的價值。不管後果如何，我都必須查出真相。

2007年6月預定出版

國家圖書館出版品預行編目資料

夜鶯的嘆息／賽門R. 葛林（Simon R. Green）著；
戚建邦譯. ——初版. ——台北市：蓋亞文化，
2006【民95-】
面；公分. --（夜城系列；第3卷）
譯自：Nightingale's Lament
ISBN 978-986-7450-96-8（平裝）

874.57 96003420

夜城系列 3

夜鶯的嘆息 *Nightingale's Lament*

作者／賽門・葛林（Simon R. Green）
譯者／戚建邦
封面插畫／Blaze
封面設計／克里斯
出版／蓋亞文化有限公司
地址◎ 台北市103赤峰街41巷7號1樓
電話◎（02）2558-5438　傳真◎（02）2558-5439
網址◎ www.gaeabooks.com.tw
電子信箱◎ gaea@gaeabooks.com.tw
投稿信箱◎ editor@gaeabooks.com.tw
郵撥帳號◎19769541　戶名：蓋亞文化有限公司
法律顧問／十方法律事務所
總經銷／聯合發行股份有限公司
地址◎ 新北市新店區寶橋路235巷6弄6號2樓
電話◎（02）29178022　傳真◎（02）29156275
港澳地區／一代匯集
地址◎ 九龍旺角塘尾道64號龍駒企業大廈10樓B&D室
電話◎（852）27838102　傳真◎（852）23960050
初版四刷／2013年06月
定價／新台幣 250元
Printed in Taiwan

GAEA
ISBN／978-986-7450-96-8

NS03
GAEA

夜鶯的嘆息 Nightingale's Lament

蓋亞文化 讀者迴響

感謝您在茫茫書海中選擇了蓋亞，您的支持是我們最大的動力。
不要缺席喔，讓我們一起乘著夢想的羽翼，穿越時空遨遊天地！

姓名：	性別：□男 □女　出生日期：　年　月　日
聯絡電話：	手機：
學歷：□小學 □國中 □高中 □大學 □研究所	職業：
E-mail：	（請正確填寫）
通訊地址：□□□	
本書購自：　縣市　書店	
何處得知本書消息：□逛書店 □親友推薦 □DM廣告 □網路 □雜誌報導	
是否購買過蓋亞其他書籍：□是，書名：	□否，首次購買
購買本書的動機是：□封面很吸引人 □書名取的很讚 □喜歡作者 □價格便宜 □其他	
是否參加過蓋亞所舉行的活動： □有，參加過　場　□無，因為	
喜歡出版社製作什麼樣的贈品： □書卡 □文具用品 □衣服 □作者簽名 □海報 □無所謂 □其他：	
您對本書的意見： ◎內容／□滿意 □尚可 □待改進 ◎封面設計／□滿意 □尚可 □待改進	◎編輯／□滿意 □尚可 □待改進 ◎定價／□滿意 □尚可 □待改進
推薦好友，讓他們一起分享出版訊息，享有購書優惠 1.姓名： 2.姓名：	 E-Mail： E-Mail：
其他建議：	

◎請沿虛線剪開、對摺、裝訂後寄出

◎請沿虛線剪開、對摺、裝訂後寄出

廣告回信 郵資免付
台北郵局登記證
台北廣字第675號

GAEA 蓋亞文化有限公司 收

103 台北市赤峰街41巷7號1樓

GAEA

GAEA